ファンタジア文庫25周年 アニバーサリーブック

イラスト：つなこ

生徒会の一存

イラスト初出：「ドラゴンマガジン」2011年5月号
イラスト：狗神煌

東京レイヴンズ
イラスト初出：「ドラゴンマガジン」2011年11月号
イラスト：すみ兵

ハイスクールD×D
イラスト初出：「ドラゴンマガジン」2011年7月号
イラスト：みやま零

フルメタル・パニック！
アナザー

イラスト初出：「ドラゴンマガジン」2012年11月号
イラスト：四季童子

これはゾンビですか？
イラスト初出：「ドラゴンマガジン」2010年5月号
イラスト：こぶいち むりりん

ファンタジア文庫25周年アニバーサリーブック

葵 せきな　あざの耕平　石踏一榮
大黒尚人　木村心一　橘 公司
ファンタジア文庫編集部:編

ファンタジア文庫

2000

CONTENTS

ファンタジア文庫
25周年アニバーサリーブック
CONTENTS

生徒会の一存

想定する生徒会

著：葵せきな　イラスト：狗神煌

STORY

「生徒会の一存」シリーズとは……生徒会室で生徒会メンバーが青春したり、妄想したり、はたまた世界を救ったりする話だよ！　あとぬことか可愛いよねっ、うん！

著者コメント／ゲームクリア後のやり込みに費やす、何とも言えない無為な時間が嫌いじゃないです。無心で没頭するひととき。最早写経と同じ境地とさえ……は言えませんよね、はい。

「長いものには巻かれるべきなのよ！」

会長がいつものように小さな胸を張ってなにかの本の受け売りを偉《えら》そうに語っていた。

更《さら》に続けて一言。

「だからこそ、数あるラノベレーベルの中でも富士見《ふじみ》と仲良くしていたとこ、ある！」

「なにをいきなりぶっちゃけやがってんスか⁉」

俺が椅子《いす》を鳴らして立ち上がりツッコむも、会長は意にも介《かい》さぬ様子で先を続ける。

「『生徒会の一存』って実際、富士見以外じゃ売れなかった気がするのよね。ほら、富士見ファンタジアがながーい期間かけて一生懸命《いっしょうけんめい》積み上げた、『安定の重厚派ファンタジー系レーベル』としてのイメージを、これでもかと足蹴《あしげ》に、そして踏《ふ》み台にして、私達ってやってきたじゃない。あえてこのレーベルから、現代の生徒会室でただ喋《しゃべ》っているだけの小説が出るってことが、もう最初のボケとして機能しているって寸法じゃない」

「だからなにを滔々《とうとう》とぶっちゃけてんスか！　今日はアレですか！【暴露《ばくろ》する生徒会】的なタイトルの回かなんかなんですかっ！」

「ううん、むしろ富士見ファンタジアというレーベルに対する意味で、【感謝する生徒会】とかそういう系のタイトルで行こうかと思っている」

「いきなり趣旨《しゅし》がブレブレですね！」

叫《さけ》ぶようにツッコミを入れた後、溜息《ためいき》を漏《も》らして着席する。会議開始早々からのこのハイテンションは流石《さすが》の俺でも疲《つか》れた。

俺はストレス由来の肩《かた》こりをほぐしがてら、首を回して周囲の様子を窺《うかが》う。

極《きわ》めて一般《いっぱん》的な生徒会室の中に、俺を含《ふく》めて五人の役員。男は俺一人……ハーレム王にして生徒会副会長、杉崎鍵《すぎさきけん》のみで、残りの四人は全員美少女。どうだ、このライトノベル的ご都合主義環境《かんきょう》。俺がこのポジション獲得《かくとく》するのに去年どんだけ苦労したことか……。

いやそれはいい。話を戻《もど》そう。俺の愛してやまない、四人の美少女達についてだ。

まず初っぱなから飛ばしていた上座のちびっ子が、会長・桜野《さくらの》くりむ。身長は中学生どころか小学生と見紛《みまが》うサイズだが、これでもれっきとした、近く卒業を迎《むか》える高校三年生である。

しかしだからといって中身が実年齢《じつねんれい》相応に大人なのかというと、そんなこたぁない。コ○ン君的に言えば「見た目は子供、頭脳も子供、その名は桜野くりむ！」だ。……それはもう最早《もはや》完全な「子供」じゃないかと思うが、実年齢が十八歳なんだから仕方無い。エロゲにおける「登場人物は全員十八歳以上です」表記ぐらい、仕方無い。

そしてその隣《となり》、俺の正面に座す、知的な雰囲気《ふんいき》の黒髪《くろかみ》女性が――

「それでアカちゃん。実際今日の具体的な議題はなんなのかしら？」

「あ、そうそう。それはね……」

――実質的にこの生徒会の舵《かじ》を取っている、書記・紅葉《あかば》知弦《ちづる》である。会長のことを「アカちゃん」と渾名《あだな》で呼ぶほど親しいクラスメイト同士の彼女達だが、二人が並んでいるととても同い年には見えない。それもそのはず、会長の子供っぽさもさることながら、知弦さん自身が同年代女子より遥《はる》かに大人びているのだ。その切れ長の瞳《ひとみ》や長く艶《つや》やかな黒髪、なにより抜群《ばつぐん》のスタイルこそが、彼女を大人の女性たらしめている。

美しく知的でクール。完璧《かんぺき》な女性とはこういう人のことを言うのだろうが、しかし……。

「今日の議題は、『近未来を考える』だよ！」

会長がホワイトボードにキュキュッと議題を記《しる》しながら告げる。しかし役員達は今一つぴんと来ていない様子だ。代表して知弦さんが質問する。

「えーと、これはつまり、どういう意味なのかしら、アカちゃん」

優《やさ》しく訊《たず》ねる知弦さんに、会長は胸を張って応じた。

「どういう意味も何も、そのままの意味だよ！　今日は近未来を考えるの！　あ、理由はね、富士見ファンタジア文庫の二千点目が出るから！」

「うん、驚《おどろ》くほど意味不明よアカちゃん」

「まったく、おバカさんだなぁ知弦は！」

「……んー？」

知弦さんがにっこりと会長に微笑《ほほえ》みかける。会長は一瞬《いっしゅん》にして表情を青ざめさせ、すぐにこほんと咳払《せきばら》いして、今度はまともな説明を始めた。

「えと……今度富士見ファンタジア文庫で二千点目の書籍《しょせき》が刊行されるにあたって……その……記念として色んな作品が載《の》った文庫を作ることになったらしくて……それに生徒会も短編載せることになって……」

「ええ、それで？　まだ意味が分からないわよ、アカちゃん。それと、どうして私を通さず勝手に執筆《しっぴつ》の仕事受けているのかしら？　アカちゃん？　そういうのは、必ず私を窓口にするようにって、いつも口酸《す》っぱく言い聞かせているわよねぇ？　ねぇ？」

にこぉと知弦さん。見れば、どこから持って来たのか、布団叩《ふとんたた》きをぐいーっと、今にも折れそうな程《ほど》にしならせている。……あくまで、あくまで、笑顔のままで。

生徒会室が異様な空気に満たされる中、会長はすっかり怯《おび》えた様子で、早口で解説を始める。

「あ、あの、えと！　でもその本が出るのは私達三年生が卒業して大分経《た》ってからってい
うかっ！　今の予定だと卒業式描《えが》いた本出てから一年ぐらい経ってからになりそうって話

があって！　それ聞いた時、その頃《ころ》実際の私達は何してるんだろなーとか思って、あの、だったら、生徒会でそういうのを議題にするのもいいかもって！　凄《すご》い未来の話じゃなくて、ちょっとだけ未来……近い将来の予定とか目標とか計画とか、そういうのを訊《き》きたいなって！　全校生徒に！　だからまずは生徒会でお試《ため》しと思って……！　あとあと、勝手に小説のお仕事受けて、ごめんなしゃい、知弦！」

必死で説明した挙句、涙目《なみだめ》でぺこりと頭を下げる会長。知弦さんはそんな会長に

……………にこぉっと、今度は威圧感《いあっかん》を放たない笑顔を見せると、彼女の頭を優しく撫《な》でた。

「よく出来ました、アカちゃん。偉いわよ。ちゃんと謝ったしね」

「うぅ……知弦ぅ……知弦ぅ！」

わーんと知弦さんの胸に飛び込む会長。よしよしとあやす知弦さん。そしてそれを……

「自分で追い詰《つ》めておきながら、あやすのも自分とは……」と、変な汗《あせ》を掻《か》きつつ見守る俺達役員。

そう。彼女、紅葉知弦はつまりこういう人間——一言で言えば、女王様タイプなのだ。美しく知的でクール。尚《なお》かつドSでしかし母性的。必殺技《わざ》は「一人時間差飴《あめ》と鞭《むち》」。

俺達が抱き合う会長と知弦さんを、なんとも言えない気持ちで見守ること数分。ようやく泣き止《や》んだ会長が、改めて会議を再開させる。

「そんなわけで、今日は近い将来の話をしたいと思います！　じゃあまずは——」

「あー、ちょっと質問いいか？」

しかしその矢先、俺の隣から手が挙がる。会長が頷《うなず》いて応じると、挙手した役員——椎《しい》名《な》深《み》夏《なつ》はわざわざ立ち上がって口を開いた。

「まず、近未来云々《うんぬん》のことはさておいてさ」

「いやいやいや！　なんでさておいたの!?　それが議題だって言ってんじゃん！」

「まあ細けぇことは気にすんなって、会長さん」

「気にするよ！　全然細かくないよ！　メインの議題だよ！　これを細かいことって言うなら、本当に大事な話って一体なんなのさ！」

「え、月を七割方破壊《はかい》出来る音速の超《ちょう》生物が学校に赴任《ふにん》してきたって話とかかな？」

「大ごとだね！　確かにそれは細かくないね！　一刻一秒を争う議題だね！　生徒会やってる場合じゃないね！　でもその基準で物事考えるのやめてくれるかなぁ！　そういう話持ち出すと、『日常系』に分類される私達の物語の大半が無意味になっちゃうから！」

「大丈夫《だいじょうぶ》、あたしもジャ○プ系キャラ級の戦闘《せんとう》力はもってっから！」

「じゃあもう他《ほか》の作品に行きなよ！　グ○メ界にでも挑《いど》んで来なよ！」

会長が肩で息をする程ツッコむ中、指摘《してき》されている当の本人・深夏は「はぁ」と言った様子でぽけっと後頭部を掻いていた。

――副会長・椎名深夏。俺と同じ副会長で、二年で、クラスメイトでさえあるが、同じ人間ではない気がする健康優良美少女、いや戦闘民族だ。……読者諸兄《しょけい》はこの事実を基本ギャグと捉《とら》えると思うし、まあ実際九割方ギャグなんだが……あくまで九割方なんで、油断はしない方がいい。一割はマジってことだ。とりあえずこの碧陽《へきよう》学園に通う生徒ならば、通学路の上空で彼女が巨大《きょだい》飛行生物と音速バトルを繰《く》り広げていたとて、特に誰《だれ》も気にせず登校してくるだろう。

その深夏が、会長の息が整うのを待って、改めて質問する。

「で、その、なんだっけ？　富士見ファンタジア文庫創刊、一万と二千年記念？」

「歴史が重すぎるよ！　富士見ファンタジア文庫刊行数二千点記念！」

「そう、それそれ。それって、なんか色々載るんだろ？　生徒会以外の作品は何載るんだ？」

深夏の質問に、その場の全員が「ああ、そういえば」という気持ちになる。確かに言われてみれば少し気になることだ。盲点《もうてん》だった。

先程はつい脳筋みたいな紹介《しょうかい》になってしまったが、基本的に彼女の中身は極めてまっとうな常識人だ。実際、子供の頃の将来の夢が「お嫁《よめ》さん」だったりするからな……。ある意味生徒会で一番まっとうな中身の人間とさえ言えるだろう。

だからこれまたコナ○君的に紹介するなら「体は超常、頭脳は平常！　その名は副会長・椎名深夏！」となるわけだが……うん、なんだろう、余計に厄介《やっかい》なキャラになった気はする。

深夏の質問を受け、会長がなんらかの資料をパラパラと確認《かくにん》する。そして数秒後「あったあった」と一枚のプリントを手に取り読み上げた。

「えーと、『デート・ア・ライブ』『これはゾンビですか？』『フルメタル・パニック！アナザー』『東京レイヴンズ』『ハイスクールD×D』……だって！」

「あれ？　『魔法○高校の劣等生』や『ソードアート・○ンライン』は？」

「入らないよ！　富士見ファンタジア文庫の記念企画《きかく》だからね！」

「じゃあ『アク○ル・ワールド』や『と○る魔術の禁書目録』は……」

「だから入らないって！　富士見ファンタジア文庫の記念企画だから！」

「じゃあじゃあ、『デュラララ!!』や『境界○上のホライゾン』は――」

「おいそこの電撃○庫ファン！　いい加減にしなよ！　もうそれただただ深夏が電○文庫好きなだけだよねぇ!?　とにかくこれは富士見ファンタジア文庫の企画だから！　っていうか記念文庫とか関係無しに、もうちょっと発言には気を配ろうか！」

「そうか、悪かった会長さん。今後はあたしの読書割合が、『電撃文〇7・富士見1・MF〇庫1・その他1』であることとか、絶対バレないよう気をつけるよ！」

「シャーラーップ！」

「なに怒《おこ》ってんだ？　まあいいや。あたしは他の参加作品聞きたかっただけだから」

そう言うと深夏は満足した様子で着席した。そのまま足を組んで背もたれに体重を預け、椅子《いす》の後ろ足二本だけでぐらぐらとバランスを取り始める。……毎度のことながら、下着が見えそうで見えないっ！　くそっ、もっとこう、後ろに！　いや、座り位置を前へ……いやいや、スカートの丈《たけ》を――げふっ⁉

「あ、わりぃ鍵、なんかあたしの足が勝手にお前の頭を蹴《け》り上げたわ」

「なんつうオートパイロットぶり！　しかし俺はこの程度じゃ諦《あきら》めない！」

脳が揺《ゆ》れたせいか頭がぐらんぐらんして視界が歪《ゆが》む。しかしそれでも必死に深夏の下着を拝むための角度を探求していると、会長が溜息と共に、俺を放置するカタチで会議を再開させる。

「えーと、じゃあ本題に戻って――」

「待って下さいです！」

今度は俺の右斜《なな》め前、知弦さんの隣の女子役員が挙手する。会長は再び会議に水を差されてムッとするものの、しかし無視するわけにも行かず、結果、嘆息《たんそく》混じりにその役員――会計・椎名真冬《まふゆ》を指した。

「はい、真冬ちゃん。なぁに？」

「あ、はい！　真冬もお姉ちゃんと同じで、記念文庫に気になることがあるのです！」

言いながら立ち上がる真冬ちゃん。その名字から分かる通り深夏の妹だが、姉とは似ても似つかず、その容貌《ようぼう》は小柄《こがら》で華奢《きゃしゃ》で色白。性格も基本的には控《ひか》えめそのもので、本当に深夏とは真反対。これほど共通点の少ない姉妹《しまい》も珍《めずら》しい。

しかし、彼女はやはり、間違《まちが》いなく深夏の妹だ。なぜならば――

「どうして、収録作品にＢＬが一つも含《ふく》まれていないのでしょうかっ！」

――姉とはまた別方向に、しかし同様の鋭《するど》さで尖《とが》りまくっているからである。

会長が机をバンッと叩きながら怒鳴《どな》る！

「だから富士見ファンタジア文庫の記念企画！　外の作品持って来たら意味ないの！」

「ファンタジア文庫にＢＬが無いなら、書いてしまえばいいじゃないですか！」

「なんなのそのマリー・アントワネット的発想！　そうまでしてＢＬ要素を記念文庫に加

えて、一体何になるっていうのさ！」

「新機軸《しんきじく》のレーベルに」

「なるかっ！　これはあくまで富士見ファンタジアの記念文庫！　ファンタジアの歴史に終止符《しゅうしふ》を打つ文庫にしようとしないっ！」

「……分かりました。確かに反省です。真冬の好きな作品増やしたさに、他のエンタテイメントを犠牲《ぎせい》にしようとしました。それはとても愚《おろ》かなことです」

「分かればいいの、分かれば」

会長がほっと胸を撫で下ろし、真冬ちゃんがしゅんと引き下がる。まあさっきも書いたけど、本来、心根の優しい女の子だからな。いくら趣味《しゅみ》に生きる子だからって、周囲に賛同を得られない発想を押し通そうとする子——

「では っ、春虎《はるとら》×冬児《とうじ》等の短編をあざの先生に依頼《いらい》するカタチで如何《いかが》でしょう！」

——なんだな、これが。

唖然《あぜん》とする会長に構わず、真冬ちゃんが更《さら》に続ける。

「他も同様に、一誠《いっせい》×木場《きば》、達哉《たつや》×ユースフ、歩《あゆむ》×織戸《おりと》、士道《しどう》×殿町《とのまち》と——」

「誰のための本なのよそれは！」

「TIG〇R&BUNNYをこよなく愛する様な人達のための本です！」

「なんでその層狙《ねら》い⁉　それにタイ○ニは皆普通《みんなふつう》に楽しんでいるアニメだよ！」

「確かに、タ○バニのストーリー的クオリティの高さは真冬も認めるところです。それはいいです。しかし、そもそも記念文庫や番外編、ファンサービスというものは、偏《かたよ》っているぐらいの内容が丁度いいのでは？」

「それは……確かに一理あるかもだけど。だったら、うちの内容は杉崎と……」

「はい、勿論《もちろん》！　杉崎先輩《せんぱい》と相方の男性……つまりは……」

真冬ちゃんが目をキラキラさせて頷く。しかし俺はといえば、いちいちツッコむ気にもならない。なぜなら、彼女がこんなことを言い出すのはいつものことであり、俺と周囲の男性とのカップリングに関しても、誰が設定されたとて今更《いまさら》引きもしな――

「先輩×男性担当編集です！」

「引くわ！　なんかリアルに嫌《いや》すぎるわ！」

新手のトラップすぎた。思わず立ち上がり否定するも、真冬ちゃんの瞳《ひとみ》はほわーんと妄《もう》想《そう》の世界に飛んでおられた。

「担当と作家のカップリングは、ＢＬの花形ですよね……。しかもそこに社会人と学生要素まで加わるのだから、もう、たまったもんじゃありませんね！」

「別の意味でね！　俺やだよ！　この会話を記録した原稿《げんこう》を担当さんに提出するの、凄《すげ》ぇ気まずいよ！」

「大丈夫です！　その気まずさから始まるものが、きっとありますよ！　プラスにしろ、マイナスにしろ！」

「どっちに転んでも嫌なんですけど！」

あまりに絶望的な未来だった。俺が項垂《うなだ》れながら着席すると、会長が「こほん！」と強めに咳払《せきばら》いをして、真冬ちゃんのターンを強制的に終わらせる。

そうして、生徒会全員が各々《おのおの》の好き勝手発言を一通り終えたところで……ようやく。本当にようやく、本日の議題について話し合う態勢が出来上がった。

「はい。じゃあ、今度こそ、近未来の話をするよ！　いいね！」

皆《みんな》がこくんと頷《うなず》く。それを受けて、知弦さんが具体的な内容を詰《つ》め始めた。

「ここで言う近未来っていうのは、一年〜二年ぐらいのイメージでいいのよね、アカちゃん？」

「うん、そうだよ！　来年の今頃《いまごろ》にはなにしてるかなーとか、目標としてはどうしてたいのかなーってことを、話し合いたいと思ってたんだ！」

「一年後の今頃ねぇー」

深夏が後頭部を両手で支えながら宙を見上げて考え始める。他《ほか》のメンバーもまたそれぞれに思いを巡《めぐ》らせていると、最初に真冬ちゃんが口を開いた。

「基本的には、真冬とお姉ちゃんは転校先で新しい友達の皆《みな》さんと楽しく過ごしていて、会長さんと紅葉先輩はキャンパスライフを謳歌《おうか》中。先輩は一人寂《さび》しく碧陽学園の男子トイレ個室で休み時間を潰《つぶ》す日々、という感じですよね」

「なんで俺だけやたら暗い未来予想なのかはさておき、まあ基本はそうだわな」

「ですよね。それらを考慮《こうりょ》した上で、真冬の近未来を予想するなら……」

「ふむふむ」

「…………結局ゲームしてBL読んでいるんじゃないですかね。普通に」

『だろうねっ！』

全員で同時に頷く。正直的中率99パーセント以上じゃないかという未来予想だが、流石《さすが》にそれだけで話を終わらせるのは如何なものかと思うため、俺は真冬ちゃんにツッコミを入れる。

「いや確かにそうなんだろうけど……もっと具体的にというか……」

「レベルファ○ブの新作でもやって、BL妄想膨《ふく》らませているんじゃないでしょうか」

「ごめんツッコミ間違ったわ。そこ具体的じゃなくていいから、真冬ちゃん自身の状況《じょうきょう》についての予想なんかをだね……」

「指の関節を痛めて通院しているかもしれません」

「ゲーム控えろよ！　そしてそれが予想出来ていながら、なぜ無理をした！」

「そこにボタンがあるからです」

「どこの高○名人気取りだよ！　そうじゃなくて、もっとこう……せめてゲームに関係無い予想は出来ないかな！　身の回りの変化とか！」

「いよいよお姉ちゃんが口をきいてくれなくなります」

『だからゲームやめろや！』

今度は深夏と二人で同時にツッコんだ。しかし真冬ちゃんはフッとニヒルに微笑《ほほえ》む。

「真冬は……姉がッ、泣くまで、ボタン押すのをやめないッ！」

「だからなんの決意だっ、なんの！　っつうかなんで一年後の真冬ちゃんはそんな末期の様相を呈《てい》しているんだよっ！」

「転校先で全く友達出来なかった世界線を想定しているからです！」

「なんでそんな悲しい世界線思い描《えが》くの!?　さっきは自分のことを『新しい友達の皆さんと楽しく過ごして』って予想してたじゃないかよ！」

「そんな『新しい学校で友達沢山《たくさん》出来るかな予想』が全《すべ》て上手《うま》くいく人生ならば、真冬……こんなにもゲームやBLをこよなく愛す悲しい人種になってやしませんよ！」

「自覚あるんだ！　いや、でも、せめて未来予想ぐらい明るく行こうよ！　予想というよりは、目標ぐらいの心意気で行こうよ！　ね、会長！」

「あ、うん。そうだね。リアル予想よりは、目標に近いのが聞きたいかな」

会長が腕《うで》を組んでうんうんと頷く。それを受け、真冬ちゃんが「ですか……」と顎《あご》に指を当てて考え始めた。そうして数秒後、彼女は改めて近未来予想を告げる。

「真冬、ベッキ○さんみたいな超《ちょう》ポジティブでコミュ力高いキャラになります！」

『それは無理だよ！』

「ええ!?」

俺達全員からの否定に、真冬ちゃんがショックを受けていた。皆を代表して俺が宥《なだ》めるように告げる。

「いいかい？　真冬ちゃんと○ッキーさんとの間には月とすっぽんどころか、江戸《えど》とスペースコロニーぐらいの隔《へだ》たりがあるんだよ」

「空間どころか時間まで隔絶《かくぜつ》！　そこまでですか！」

「そこまでだよ。とても一年で埋《う》められる距離《きょり》じゃない。目標を聞きたいとは言ったけど、俺達はそこまでは求めてないんだよ真冬ちゃん。真冬ちゃんだって、誰《だれ》かに一年後の目標訊《たず》ねた時に『新世界の神』とか言われたらちょっと不快だろう？」

「真冬がベッ○ーさんに憧《あこが》れるのはそこまで駄目《だめ》ですかっ！」

「駄目じゃないけど……ねぇ？　せめてもうちょっと現実的な範囲《はんい》がいいっていうか」

俺の言葉に、真冬ちゃんは少ししゅんとしながらも「分かりましたです」と応じる。

そうして、再びの黙考《もっこう》後。彼女はすぐに、新たな目標設定を告げてきた。

「じゃあ真冬、きゃりーぱ○ゅぱみゅさん的なファッションリーダーに――」

『だから無理だって！』

「はぅっ！　皆さんの声のボリュームが上がりましたですー！」

俺は「やれやれ」といった様子で額に手をやる。

「真冬ちゃん？　だから言ってるだろう？　人には、やれることと、やれないことがあるんだ」

「……きゃりーまふまふ……」

「うん、なんか語呂《ごろ》はいいけど無理だから。きゃりーまふまふ無理だから」

「原宿《はらじゅく》に『もんぺ』を流行《はや》らせてやりますです」

「うん、その尖《とが》ったファッションセンスには、ドロリと鈍《にぶ》く光る何かを感じないでもないけれど。もうちょっと、実現可能な範囲の未来予想が、俺は聞きたいんだ」

「……………。……しょこたんこと、中○翔子さん路線なら——」

「よし一旦《いったん》芸能人路線諦《あきら》めようか！　そのコミュ力で芸能人志すのはおこがましいよ！」

「そうですね……。ならばここはいっそ真逆の方向性の人間になりましょう！」

「そうそう。真冬ちゃんは芸能人路線とは真逆に進むぐらいが丁度い——」

「最強○説黒沢も真っ青の、ガテン系肉食人間になりたいと思います！」

「逆っちゃ逆だけど！　それもまた無理だから！　ガテン系の職場に真冬ちゃんの居場所は無いから！」

「わ、分かりませんよ。真冬だって重機動かすぐらいなら出来ますから！　あれですよね。左スティックが移動で右スティックがカメラ操作、○ボタンで攻撃《こうげき》ですよね」

「ゲーム感覚じゃねえかよ！　っつうか攻撃ってなんだ、攻撃って！　重機に攻撃アクションとか無いから！」

「でも市之瀬《いちのせ》建設さんとこの息子《むすこ》さんが乗ってる重機は……」

「その『重機』を額面通りに受け取っちゃだめだよ！　普通の重機はああいうのじゃないから！　っつーかもっと現実的な提案をしてくれ！」

「分かりました。では、実現可能な範囲で、しかし後ろ向きではない。そんな予想を立てたいと思います。しばしお待ちを」

「おう、その方向性で存分に考えてくれ」

「……NOW　LOADING……NOW　LOADING……」

「最早《もはや》キミは『椎名真冬』という名のゲーム機なのか。まあいい、続けてくれ」

「はいです。……………………………。…………………………」

「……………………………………………………」

「……………………………………………………♪　ちゃらっちゃ、ちゃちゃっちゃ、ちゃ――」

「なんかBGM始まった！　なにこれ！　どうしたのこれ！　真冬ちゃん!?」

「先に音楽データだけがロードされた状態です。ゲームではよくあることです」

「そこまでハード思考に染まって、キミは一体何がしたいんだよ！」

「最終的には脳内でゲームをエミュレート出来ればと」

「姉妹《しまい》揃《そろ》ってどんどん人類を超越《ちょうえつ》していくのやめてくれるかなぁ！」

「……えと……真冬ちゃん？　どうした、急にぼんやりして。あ、ごめん、俺調子に乗ってツッコミ入れすぎたかな――」

「……はっ、すいません！　無限1UP作業に集中してました！」

「マ○オ出来てんじゃん！　もう既《すで》にファミ○ンレベルなら再生出来てんじゃん！」

「で、なんでしたっけ。もうすぐド○クエⅢが出るらしいぞって話でしたっけ」

「一体いつから人の話聞いてなかったんだよ！　違《ちが》うよ！　一年後の目標の話！」

「ああ、そうでしたね。真冬、今マリ○やりながらぼんやり考えたのですが……」

「考え事する時は容量そっちに割《さ》くなよ！　真剣《しんけん》に考えようよ！」

「…………………」

「真冬ぐらいになると、最早『現状維持《いじ》』を心がけるので精一杯《せいいっぱい》じゃないかと」

「なんて寂しい目標！」

確かに実現可能で後ろ向きではないけども！　けどもっ！

俺の不満げな様子を感じ取ったのか、真冬ちゃんが説明を付け足してきた。

「でもインドア趣味《しゅみ》の人種において、その意識って結構大事だと思うのですよ！」

「まあ、俺もエロゲにハマッてる身だから言ってることは分かるけど……。アレだろ？　自分見失うほどのめり込むことも多い娯楽《ごらく》だからこそ、自制心による線引きは必要っつうか……」

「ですです。その点、今の真冬は精々が……据置《すえお》き機と携帯《けいたい》機とソーシャルゲームと脳内ゲームとドラマCDリスニングの五面マルチタスクをこなす程度で済んでますからね！」

「うん、充分《じゅうぶん》もう手遅《ておく》れだね！　現状維持してたらいつか死にかねないよそれ！」

「失敬な！　睡眠《すいみん》は毎日七時間以上とってますよ！　夢の中でもゲームやBL妄想《もうそう》はしてますが！」

「妙《みょう》に健康的なのが余計に厄介《やっかい》だ！」

せめてインドア趣味が高じて体に変調でも来《きた》してくれていれば、こちらも強く咎《とが》められるのに。俺が悔《くや》しくて地団駄《じだんだ》を踏《ふ》んでいると、ふと、真冬ちゃんが今までとは少し違った様子で、柔《やわ》らかく笑った。

「でも、こんなにも楽しい今の学園生活を……一年後、転校先でも『維持出来てる』って胸を張れるなら……。それは、やはり真冬にとって、とても素晴《すば》らしいことなのだと、思いますですよ」

「真冬ちゃん……」

……確かにそうだ。こんなに最高の日々を『現状維持』出来ているなら、それは、素晴らしいことじゃないか。

生徒会室全体が温かい空気に包まれ、真冬ちゃんも満足げな笑みを浮《う》かべる中……しかしただ一人、知弦さんだけは、あくまで笑顔のままで真冬ちゃんに警告する。

「いい話風にまとめてみたところで、廃人《はいじん》的なインドア生活の現状維持まで全面的に認められたわけじゃないのよ、真冬ちゃん？」

「う……」

真冬ちゃんがぎくりと体を強張《こわば》らせる。それに対し知弦さんはニコニコと微笑むのみ。……流石《さすが》はクールビューティ・紅葉知弦、たとえ転校する可愛《かわい》い後輩《こうはい》だろうと、そういう部分は一切《いっさい》見逃《みのが》さないらしい。いい雰囲気《ふんいき》にすっかりのまれかけていた俺や会長や深夏とはわけが違う。

しかし一方で、このまま会議を締《し》めにまで持って行けそうだった良い空気がご破算になってしまったのもまた事実。そういう意味じゃ、ここは当人に責任を取って頂くのが一番いいだろう。俺は議題を知弦さんに振《ふ》ることにした。

「えーと、じゃあ、知弦さんの一年後の目標とか、どんな感じなんスかね？」

「私？　そうねぇ……」

顎に手をやり思考を開始する知弦さん。

「私とアカちゃんの場合、大学生になってるわけだから生活自体が変わってると思うの」

「そうですね。俺は勿論《もちろん》、深夏と真冬ちゃんも転校するとはいえ、基本は今まで通り高校生継続《けいぞく》ですからね。そこそこ予想や目標も立てやすいですけど、二人の場合は……」

俺の言葉に、知弦さんが「そうなのよ」と机の下で足を組み替《か》えつつ気怠《けだる》そうに溜息《ためいき》を漏《も》らす。

「生活環境《かんきょう》が激変しているであろう以上、そこに目標っていうのもね……」

「そうッスね。ああ、じゃあ、二人は『予想』でいいんじゃないですか？　とりあえず、知弦さんは一年後の今、なにしていそうなのかだけでも聞かせて下さいよ」

「そうね……」

知弦さんはそこで少し考えると、数秒後、極《きわ》めて陰鬱《いんうつ》げな表情で呟《つぶや》いた。

「アカちゃんと二人、モヒカンヘッドをなびかせながら荒野《こうや》をバイクで爆走《ばくそう》しつつ、小規模な集落を襲《おそ》っては略奪《りゃくだつ》を繰《く》り返しているんじゃないかしらね」

「生活超激変！」

「大学生活って大変そうよね……」

「いやもうそれ大学生活どうこうのレベルじゃないですから！　北○の拳《けん》やマッ○マックス2的な意味で、世界規模の何かが起こってますから！」

「大丈夫《だいじょうぶ》。世界は平和なままで、私とアカちゃんだけがそうなっているイメージよ」

「それはそれでむしろ救いようが無いッスね！　二人ともどうしちゃったんですか！　大学で何があったら、そんな境地に達するんですか！」

「大学生活って大変そうよね……」

「知弦さんの中の大学生活大変すぎるでしょう！　いやとにかく、その未来予想やめて下さい！　たとえそうなりそうでも、回避《かいひ》を心がけて下さい！　っつーか普通《ふつう》の大学生活を送った前提で、もっとリアルな予想して下さい！」

「普通でリアルな大学生活ねぇ……」

知弦さんは少し考えると、改めて予想を告げてきた。

「最近出来た彼氏に対する愚痴《ぐち》をこぼす私、それを苦笑いで聞くアカちゃんとその彼氏」

「普通にリアル！　しかし俺にとって最悪すぎる！」

ラブコメにおいてなんて嫌《いや》な後日談！　ああっ、想像したらホント泣けてきた！

涙《なみだ》をボロボロ流しながら知弦さんを子犬のような目で見つめると、彼女は少し頬《ほお》を赤くし、こほんと咳払《せきばら》いしてきた。

「ま、まあ今のはジョークよ。…………二人の彼氏がとある同一人物じゃない限り……」

「？　よく意味が分からなかったんですが……」

「な、なんでもないわ。いいでしょ、別に。それで、私とアカちゃんの未来だけど……」

「あ、ちょっと待って下さい。会長は会長で別に訊《き》くことを考えると、知弦さん単体の予想でお願いしたいんですが。なんか大学在学中に経験しておきたいこととか無いッスか？」

「私の経験しておきたいことねぇ……うーん……」

「ほら、バイトとか、サークルとか、ボランティアとか……」

「なるほど。そういう発想でいくと私の場合経験したいのは……」

知弦さんはぽんと手を叩《たた》いて、にっこりと告げてきた。

「パンデミックかしら」

「なんの感染拡大《かんせん》!?」

「あとアレしたいわね。ショッピングモールへの立てこもり」

「それ絶対またアレな世界観想定してますよねぇ!?　恐《おそ》らくは歩く死体がシャッターの外でわらわらしてますよねぇ!?」

「失礼ね、そんなこと無いわよ。他《ほか》にも大学在学中に普通に経験しておきたいこと、あるんだから」

「なんですか。カラオケですか、飲み会ですか、まさか合コンですか——」

「ヘッドショットよ」

「普通の大学生は経験出来ないと思いますけど！　っつーか世界観！」

「なに言ってるの。サバゲーサークルに入っただけの可能性もあるじゃない」

「その言い回しの時点で絶対違うでしょう！　とにかく、パンデミックとかヘッドショットとか、どう考えたって普通じゃないですよ！　もっと……こう、一般《いっぱん》人が使う言葉の範《はん》疇《ちゅう》で目標設定お願いします！」

「ハンマーで潰《つぶ》す」

「それ絶対頭潰してますよねぇ⁉　死体的なアレにトドメさしてますよねぇ⁉」

「何言ってるのよキー君。『ハンマー』も『潰す』も一般的に使う言葉じゃない。さっきから貴方《あなた》は私の未来予想の何が不満なの」

「何が不満って……！　くっ！　と、とにかく、一般的でも不穏《ふおん》な言葉は禁止です。もっと平和で穏《おだ》やかな言葉だけで、未来予想を描《えが》いて下さい！　俺と一緒《いっしょ》の未来とか！」

「なるほど、キー君が居て、穏やかな言葉のみで構成された未来が聞きたかったのね。OKよ。任せなさい」

「ああ、良かった。ようやく俺の意図が伝わりましたか。じゃあそれで――」

「『キー君、今までありがとう。せめて安らかにお休みなさい』」

「俺絶対感染しましたよねぇ⁉　そして知弦さんにトドメされる直前ですよねぇ⁉」

「私が居て、キー君が居て、穏やかな言葉だけで構成されていて……これ以上未来に何が欲《ほ》しいのよキー君は」

「平和ですよ！　俺はただ平和な世界が欲しいだけですよ！」

「まさかこんなギャグ小説でそんな熱い台詞《せりふ》が飛び出す機会があろうとは、誰《だれ》も予想しなかったわよね」

「誰のせいですかっ、誰の！　ああ、もう、貴女《あなた》という人はっ！　こうなったら本格的に縛《しば》らせて貰《もら》いますよ！」

「亀甲《きっこう》縛りでいいかしら？」

「俺の体じゃなくて、貴女の未来予想の方向性です！　一般的で穏やかな言葉だけを用いた上で、そこから先の不吉《ふきつ》な未来を微塵《みじん》も感じさせない、心底明るいトーンに満ちた未来予想でお願いします！」

「あまりに理不尽《りふじん》な要求だけど、分かったわ。その方向性で予想するわよ。そうね……」

知弦さんは唇《くちびる》に手をやり、真剣《しんけん》に検討を始める。……如何《いか》に知弦さんと言えど、ここまで縛れば普通に提案せざるを得ないだろう。

生徒会役員達が見守る中、知弦さんは……遂《つい》に、今までとは違《ちが》った明るい表情で、「明るい未来予想」を語り始めた。

「澄《す》み渡《わた》った青空。美しく輝《かがや》く太陽。目を細めそれらを眺《なが》める私は、瞳《ひとみ》に涙を湛《たた》えながらもぽつりと呟く。『ねぇ、今日の空はこんなにも綺麗《きれい》よ……アリガトね、キー君』」

「いやいやいやいやっ、俺死んでますよねぇ!?　っつーかこれ、世界一回滅《ほろ》びてますよねえ、多分！」

「なに言ってるのキー君。穏やかな言葉だけを使って、これ以上無いってぐらいに心底明るいトーンに満ちた未来予想じゃない。その先の大団円を予感させるじゃない」

「そりゃそうですけど！　そうなんですけど！」

「土御門《つちみかど》家や祓魔《ふつま》局、陰陽塾《おんみようじゆく》の方々には感謝してもし足りないぐらいね」

「やっぱりなんか世界に霊災《れいさい》じみたもん起こってんじゃないっスかぁぁぁ！」

「そうは言ってないじゃない。百鬼夜行《ひやつきやこう》なんて全然起こってないわよ、ええ」

「嘘《うそ》だっ！　ああ、もう！　っつうか天才ですか！　こんだけ穏やかで明るい縛りしても、貴女の歩みは微塵も妨《さまた》げられませんか！」

「全く意味不明ね、キー君。……ゾンビの何がいけないのよ」

「今ゾンビって言った！　オブザデッド的世界観認めましたよこの人！」

「あー、もー、五月蠅《うるさ》い子ね。はいはい、分かりました。キー君はこれゾンが大嫌《だいきら》いと。木村心一《きむらしんいち》先生の顔も見たくないと、そういう見解でいいのね」

「いいわけあるかっ！　なんで無駄《むだ》に火種投げこむんですか！　俺これゾン大好きだっつうの！　バリバリのトモノリ派だっつうの！」

「なるほど、ユーのようなネクロマンサーは万死《ばんし》に値《あたい》すると」

「だから言ってないですけどっ！　ユーも超《ちょう》好きですけどっ！　この生徒会のせいで無口キャラには飢《う》えまくりだっつうの！　ユー最高！」

「つまりネクロマンサー万歳《ばんざい》と」

「ああっ！」

「ゾンビ大好きと」

「ああっ！」

「じゃあ私の未来予想、実現するために二人で一年、頑張《がんば》りましょうね、キー君」

「ああっ！…………あ？」

あれ？　なんで俺、いつの間にか近未来のゾンビ大発生を誓《ちか》ってるんだ？　そんなテロ思想な人間だったっけ、俺。あ、あれぇ？

今一つ納得《なっとく》がいかないが、知弦さんが「私のターンは終わったわ」と言わんばかりに椅《い》子《す》へ深く座り直したため、仕方無く俺も追及《ついきゅう》をやめることにした。

俺は深夏へと話を振《ふ》る。

「深夏の一年後は――」

「ナメッ○星で戦ってる」

「ボケが速攻《そっこう》すぎる！」

その手の発言が来るとは思っていたけどさ！

俺が呆《あき》れ顔をしていると、深夏は椅子をぐらぐらとさせつつ、先回りして喋《しゃべ》り出す。

「どうせ、もっと現実的なこと言えっつうんだろ？　でもさ、未来の目標なんつうもんは、基本、当人の望む明るい展望でいいんじゃねえの？」

「ぐ……それはそうだが。でも現実的な展望の方が、こう、明確なビジョン見えていいだろ！　そういうのはないのかよ！　ありありとイメージ出来る未来描写《びょうしゃ》が――」

「夕方の居間でハチハンター特集をダラッと見るあたし」

「すげぇ現実的！」

「なんか見ちゃうんだよな、ハチハンター特集。妙《みょう》な画力があるよな、ハチハンター」

「そこまでリアルな未来予想じゃなくていい！　逆に夢も希望もなさ過ぎる！」

「ハチハンターには夢があるとあたしは思う！」

「そういう議論じゃねえんだよ！　とにかく、ハチ以上ナ○ック星未満ぐらいの、あり得る範囲《はんい》の未来予想図をくれよ！」

「えーと……火星で――」

「せめて地球には居てくれまいか！　なぁ！」

「でもあたし、ちょっとした貧乏揺《びんぼうゆ》すりで空間震《くうかんしん》じみたものを起こすしなぁ」

「お前は何の精霊《せいれい》だよ！　っつうか自発的に起こしている分、余計タチ悪いわ！」

「デート・ア・ライブ～深夏ビッグバン～」

「お前の担当回規模でけぇな！　っつうか名前に数字入ってないクセに精霊ぶんな！」

「デート・ア・ライブ～372アルマゲドン～」

「数字が無理矢理過ぎるわ！　っつうか何体いんだよ精霊！　そもそも、お前は違うジャンルの存在だから！　デートにゲストでも出ようとすんな！」

「あ、一年後はレーティングゲームに出場しているのもいいかもな！」

「うん、お前の場合は禁手がどうこうじゃなく普通《ふつう》にバランス・ブレイカーだから、やめてくれるかな！　D×Dにギャグな戦闘力《せんとう》を持ち込むな！」

「乳神……」

「うん、その、それに関してはえーと……うん。とにかくだ！」

ツッコミ側の方が分が悪いって、どういうことだよ！　どうなってんだよ、ハイスクールD×D！　色々規格外すぎんだろ！

「深夏、お前には戦うこと以外何も無いのかよ！」

「いや、一方的な破壊《はかい》も案外嫌《きら》いじゃないとこは、ある」

「すげぇタチ悪いなお前！　最早《もはや》ただの破壊神じゃねえかよ！」

「そんなあたしに惚《ほ》れてくれた男がいるんだ。そいつのためにも、あたしは頑張るよ！」

「そこに惚れたわけじゃないですけど⁉　愛の力を妙な方向に変換《へんかん》するのやめてくれる⁉」

「あー、ったく、分かったよ。分かった分かった。戦うとか壊《こわ》すとか無しの方向で、来年の予想すりゃあいいんだろ」

「ああ。っつうか最初からそうしてくれるかな……」

額を押さえて溜息《ためいき》を吐《つ》く。まったく、どうしてこいつはこう……。

深夏はしばらく腕《うで》を組んでうんうん唸《うな》ると、突然《とつぜん》パッと見たことないほどの笑顔《えがお》を見せ……しかしそうかと思えば、すぐに顔を真っ赤にしてもじもじと俯《うつむ》いてしまった。

「？　どうした、深夏？」

「え⁉　い、いや、どうしたっていうか……なんつうか……近未来の、戦闘とか絡《から》まない幸せな展望思いついたけど、一年後はまだちょっと無理っつうか……」

「？　いや別に厳密に一年後の話じゃなくてもいいけど？　とにかく言ってみるだけ言ってみろよ」

彼女の反応の意味が分からずキョトンとする俺。他《ほか》の生徒会メンバーも俺同様、全く状《じょう》況《きょう》が理解出来ず首を傾《かし》げている。しかし深夏は未《いま》だ、彼女らしくない、自分の太股《ふともも》の間に両手を挟《はさ》んでのモジモジ動作を続けていた。

「やっ、あの、えと……や、やっぱ、言わなくてもいいかなって、うん！」

「はぁ？　いや言えよ。これ会議だし。お前まだ全然まともな意見出せてないし。なんか思いついてんのあんだったら、ちゃんと言えって。今更《いまさら》何が恥《は》ずかしいんだよ？」

「う…………うぅ……。…………ホントに？　ホントに言わなくちゃ、ダメか？」

「う……」

深夏が潤《うる》んだ瞳で俺を見上げてくる。……やばい、なんか理性がぶっ飛びそうだ。俺は慌《あわ》てて視線を逸《そ》らしつつ、動揺《どうよう》をごまかすように、ぶっきらぼうに告げた。

「ほ、ほらっ、会議が停滞《ていたい》しちゃってんだから、さっさと言えよ！　それでもう、次の……会長の提案とか聞くからさ！　ほら！」

「うぅ……わ、分かったよ。い、言うぞ！　言うからな！」

「だからさっさと言えって！」

余裕《よゆう》を失って思わず怒鳴《どな》るように促《うなが》す俺。それに応じて——遂に深夏が、顔を真っ赤にしたままで、叫《さけ》ぶように告白した。

「例の子供の頃《ころ》の夢が叶《かな》ってたら……お、お嫁《よめ》さんになれてたらいいなって！」

『！』

深夏のその発言に……今度は生徒会一同が顔を真っ赤にする。なんて……なんて恥ずかしい告白を叫びやがるんだ、このクラスメイトは！

俺達の反応を見て、深夏が更《さら》に動揺した様子で喚《わめ》き出した。

「だ、だから言わなきゃ良かったんだ！　ほら、こんな感じになる！　会長さん達までそんな顔して！　うー！」

そんな深夏の言葉に、会長が不自然な笑みで「ソ、ソンナコトナイヨー」と対応。

「う、うん、深夏の子供の頃の夢は皆《みんな》知ってたわけだし！　うん！　ぜ、全然意外とかじゃないよ！　こっちまで照れたりなんか、全然してないよ、うん！」

それに他メンバーも追従。

「そ、そうよ深夏。ええ、い、いいんじゃないかしら、およ……お嫁さん。うん。……ほ、ホント素敵《すてき》だと思うわよ、お……およ……お嫁さん」

「そうだよお姉ちゃん。真冬はそんなお姉ちゃんを凄《すご》く可愛《かわい》らしく思います、うん！……か、可愛すぎて、ちょっと困ってしまうぐらいです！」

「そうだぞ、深夏。お、俺もその、ハーレム王として本当に嬉《うれ》しいわけで……。

……………………………ふぐっ」

「おい最後吹《ふ》き出してんじゃねぇかハーレム王！」

「い、いや、他意は無いんだ、全然！　本当に嬉しくて嬉しくて……嬉しすぎて、その、えーとお嫁さ……………ふぐっ」

「もうやめてくれ！　次行ってくれぇ、次ぃ！」

遂《つい》に深夏が耳を押さえて椅子の上に体育座りで丸まってしまう。俺達は顔を見合わせ、出来るだけ吹き出さないように何度か深呼吸を繰《く》り返した。……一応言っておくが、別に深夏を馬鹿《ばか》にしているわけじゃない。ただ。深夏の可愛さがあまりに衝撃的《しょうげきてき》すぎて……ちょっと、男ならずともそれが受け止めきれないだけだ。

そうして、たっぷり五分は休憩《きゅうけい》を取っただろうか。落ち着きを取り戻した深夏が、一刻も早く話題を次に逸らしたいのか、俺に話を振ってきた。

「鍵こそ、一年後はどうしてたいんだよ？」

「俺か？　俺は、お前……。ここ数年目標は変わらず一つだけだ」

「へぇ、そいつぁ凄《すげ》ぇな！　一つの目標に向かってずっと変わらず努力を続けていられるなんて、あたしお前を結構見直したよ！」

「ふ、そんな褒《ほ》められることでもないさ。ありきたりな、誰《だれ》もが抱《いだ》く目標だよ」

俺は前髪《まえがみ》を指で弾《はじ》きつつニヒルに語る。「ほー」とますます感心した様子の深夏に……

俺はフッと笑みをこぼしながらも、しっかりと、告げてやった。


「童貞《どうてい》卒業に決まってんだろうが！」


「生徒会の会議で堂々と宣言することか！」

深夏に頭を思いっきり叩《たた》かれる。しかし俺はめげずに続けた。

「しかし思春期を過ぎてからずっと目標にして努力しているというのに、未だゴールが見えてこないんだ！　なぜだと思う⁉」

「そんなだからだよ！　っつーかちゃんと目標を言え！」

「当方、女の子の部屋で、あちらにリードして貰《もら》うカタチでの卒業を所望しております」

「具体的なプランを言えってことじゃねえよ！　そして意外と女々《めめ》しいなお前！」

「真冬ちゃんはBL妄想《もうそう》で俺をよく『受け』に設定するけど、その観察眼は極《きわ》めて鋭《するど》いと言っていいだろう。俺、こう見えて案外抱《だ》かれたい派だぜ！」

「そんな情報いらねぇよ！　ああ、もう！　他に一年後の目標はねぇのかよ！」

「ふっ。俺達青少年に言わせりゃ、童貞卒業という目標の前では、その他の森羅万象全《しんらばんしょうすべ》てが些末《さまつ》なことでしかないからな……」

「何をカッコつけて語ってんだ！　いいから、その方面以外の目標言えよ！」

「なんか美味《おい》しいもん食いたい」

「投げやりすぎだろう！　本当にそっち方面以外どうでもいいんだな、お前！」

「そんなことはない！　だって俺、エロゲだって沢山《たくさん》したいもの！」

「普通にそっち方面じゃねえかよ！　お前、下半身の絡まない目標はねぇのかよ！」

「無い！」

「言い切った！」

「一年の頃優良枠《わく》目指して頑張《がんば》ったのも、結局は美少女だらけの生徒会入るためだしな……。基本俺、下半身切り離《はな》されたら終わりっつうか。本体下半身っつうか」

「く……なんて野郎《やろう》だ。そんななら、もう下半身だけで生きていけよ……」

「おう、そりゃいいな──って、あ、いや、駄目《だめ》だ。それは絶対駄目だ」

「？　どうしたんだよ。今までさんざん下半身重視思想だったくせに」

「ああ、いや、それ全面撤回《てっかい》するわ。俺、下半身と上半身どっちか取るなら、やっぱ上半身だ。最悪、下半身いらねぇよ。だって……」

「だって？」

首を傾《かし》げる深夏に。俺は、笑顔でキッパリと告げる。

「上半身がなきゃ、深夏のウェディングドレス姿、見られないもんな」

「っ！」

「それさえ見られりゃ、俺一生童貞でも構わな――って、あれ？　深夏？　どした？」

気付けば深夏がまた耳を真っ赤にして俯いてしまっている。……俺としてはずっと本能に従って喋《しゃべ》っていただけだから、また何か怒鳴られるのを覚悟《かくご》していたんだが……。

気付けば、周囲の生徒会メンバーが俺をジト目で見つめている。ああ、流石《さすが》に下ネタが過ぎたかな？　そっか、深夏もそれで照れちゃったか。ふむ……反省だな。

責任を感じた俺は、話題を次に移すことにした。えーと、まだ一年後の目標を語ってない人はっと。

「あ、会長。会長は一年後、どうしていたいですか？」

「へ、私？　あー、そうだねぇ、私はねぇ……」

急に話題を振《ふ》られた会長は、宙をぽわんとだらしなく見つめ。そして、その夢見がちな表情のままで、ぼんやりと告げてきた。

「公園でわたあめ売って暮らしていたいなぁ」

「大学は!?」

「一年で駆《か》け抜《ぬ》けた」

「いやいや、そんな飛び級的なこと無理ですから！　普通《ふつう》に大学は行って下さいよ」

「じゃあそうだねぇ。キャンパスライフを存分に謳歌《おうか》しつつ……」

「そうそう、そういうあくまで現実的な展望が俺は——」

「理事長の座に就《つ》く」

「なんのために!?」

「学生を総動員してわたあめ工場を動かすためだよ！」

「なんだその野望！　どんだけわたあめ作りたいんですか！　っていうかそれは最早《もはや》大学生どころか理事長でさえない！　ただの工場長ですよ！　却下《きゃっか》！」

「………ひ、ひなあられも作るから……」

「なんの譲歩《じょうほ》ですかっ、なんの！　とにかく、普通に大学生やって下さい！　それは大前提として、未来を考えて下さい！」

「ぶー」

会長は口を尖《とが》らせながらも、しかし「普通に大学生ねぇ」と俺の意見を取り入れた上での検討を始めた。数秒後、会長がぶつぶつとつまらなそうに呟《つぶや》く。

「バイトして合コンしてサークル活動してたまに講義をサボる私、桜野くりむ」

「…………」

「……なんかすいませんでした」

思わず謝る俺。

「でしょう！」

会長が「ほーらほーら！」と俺に人指し指を何度も突《つ》きつけてくる。た、確かに、普通に大学生やっている会長は今一つピンと来ない。

彼女は椅子《いす》にふんぞり返ると、改めて提案してきた。

「あれだね。私の未来にかんしては、大学なんていう枠に閉じ込めて考えるべきじゃあないよねっ、うん！」

「そう……かもですね」

悔《くや》しいけどそれは認めざるを得ないかもしれん。

会長は「となるとー」と言葉を続けてくる。

「途端《とたん》に色んな可能性が出て来たね！　私の未来は可能性に溢《あふ》れているね！」

「まあ……確かに」

「この勢いで考えていけば、わたあめ工場長などと言わず――」

「はぁ……」

「ピカ○ュウぐらいにはなれちゃうかもね！」

「無理ですよ！」

「私は人間をやめるぞぉ！　杉崎ぃーッ！」

「どうしてですかっ！　何が目的でポケ○ンになろうとしてるんですかっ！」

「モフモフ感の追究の果てに」

「自分がモフモフしててもしょうがないでしょう！　自分で自分を抱《だ》きしめられるわけでもなし！」

「はっ！　それは盲点《もうてん》だよっ！　むむぅ……マスコットキャラとしての道は険しいんだね、

杉崎……」

「険しいっつうか、無いです。普通の人間にそういう道は、そもそも無いんです」

「ピカチ○ウが無理だとなると、私の将来はほぼ閉《と》ざされたと言っても過言じゃないよ」

「貴女《あなた》にとって将来のウェイトどんだけ占《し》めていたんスかピ○チュウ」

「はっ………ごくり。……り、リラッ○マならば、まだあるいは……」

「彼の背中のファスナー設定に希望を見出《みいだ》すのもやめて頂きたい！」

「ひこにゃ○の中の人ぐらいならいけるかな！」

「ひ○にゃんに中の人など居ない！」

「アカちゃん、だったら私はモノ○マの中の人になりたいわ」

「便乗してこないで頂けますか知弦さん！　ある意味凄《すご》く似合ってますけど！　と、とにかくマスコットキャラやゆるキャラを目標に設定しないで下さい！」

「私の将来が完全に閉ざされたよ……」

「将来の可能性が人外しかないってどういうことですか！　全然まだ閉ざされてませんよ！　貴女の未来にはまだまだ無限の可能性がありますよっ、会長！」

「とゆーことは、超《ちょう》グラマラスな大学生のおねーさんになっている可能性も……」

「それは無い！」

「まさかの断言っ！」

「人外化とグラマラス化以外なら、会長には無限の可能性がありますよっ！」

「人外化とグラマラス化が同列に扱《あつか》われているのが凄く気になるけど、まあそれはいいよ。でも、うーん、他《ほか》に目標……なっていたい自分というと……ふーむ」

「色々あるでしょうよ。成績優秀《ゆうしゅう》な学生とか、バイト作業の上手《うま》い人とか……」

「あ、そういうのでいいんだったら、私、一つあるかも！」

会長がいきいきとした表情で語る。どうせまたとんでもないこと言うんだろうなぁと予想しつつも、俺は流れに乗って「なんですか？」と訊《たず》ねる。

会長は、一度皆《みんな》の顔を見渡《みわた》し、そして最後に俺の瞳《ひとみ》をジッと見つめると、キラキラ輝《かがや》く笑顔《えがお》で、一年後の目標を……彼女の夢を、告げてきた。

「皆にとっての、会長さんでいたい！」

「……え？」

その回答に意表を突かれ、ぽかんとする俺達生徒会。会長は照れ笑いのまま、補足してくる。

「勿論《もちろん》、卒業したらもう会長じゃないんだけどさ。それでも……それでも私、やっぱり、一年後……ううん、これから先もずっと、今のままの、皆にとって頼《たよ》れる会長さんでいられたらいいなって……そう、思うんだ！」

「会長さん……」

真冬ちゃんが感極《きわ》まった様子で瞳を潤《うる》ませて呟く。気持ちは俺も知弦さんも深夏も同じだ。気を抜けば、感動で瞳から涙《なみだ》が零《こぼ》れ落ちてしまいかねない。

しかし、俺達はそれをどうにか堪《こら》える。その理由は二つ。一つは、涙は卒業式のその日、その時まで流したくないと皆が思っていたこと。

そしてもう一つは……。

皆がとある感情を抱《いだ》く中、ふと時計を見た会長が今日の会議を締《し》めにかかってくる。

「うんっ、やっぱりこうして少しだけ未来の話をするのはいいね！　思った通り！　馬鹿《ばか》な発言も含《ふく》めて、色んなこと思い描《えが》けて楽しいしさ……。なにより、背筋がピンと伸《の》びるもんね！　よし！　じゃあこの企画《きかく》は、全校でも行うということで！　いいかな？」

会長の問い掛《か》け、俺達は一瞬《いっしゅん》だけ目を見合わせた後、即座《そくざ》に声を合わせて応じる。

『異議なし！』

「よぉし！　じゃあ、これにて本日の生徒会終了《しゅうりょう》！　解散！」

『はーい！』

そうして、今日もいつものように会議が終わり、まだ多少の雑務を行う俺以外の全員が帰り支度《じたく》を始める。中でも一番最初に支度を終えたのは会長だった。彼女は鞄《かばん》を手に持つと戸まで歩き、室内を振り返る。

「じゃあ、また明日《あした》ね、皆！」

『お疲《つか》れ様でした』

「うん、お疲れー！」

そのまま生徒会室を出て、廊下《ろうか》をトテトテと駆けていく会長。

……残された俺達は、それぞれ、しばし無言で帰り支度や雑務をこなし……。

そうして、とある瞬間。

意図的にタイミングを合わせたわけでもないのに、ぴったりと重なった声で。

俺達は、その——あえて会長の前では言わなかったツッコミを……ひっかかりを、漏《も》らしたのであった。

『…………頼れる会長さん？』

……………………。

それだけ呟き、しかしあとは互《たが》いに何か言うこともなく、淡々《たんたん》と別れる生徒会。

一人残された生徒会室にて雑務に取りかかる俺の頭の中には……会長の今日の名言が、何度もリピートする。

「長いものには巻かれるべきなのよ！」

………。

本当に、その通りだと思います。はい。

東京レイヴンズ
コン日記
著：あざの耕平　イラスト：すみ兵
STORY
霊的災害＜霊災＞が多発する現代の東京。闇鴉と呼ばれる国家資格を有する陰陽師たちにより被害は最小限に抑えられていたものの、＜霊災＞が皆無になったわけではなかった。代々、優れた陰陽師を輩出してきた名門・土御門家の血を引きながらも霊的才能皆無の春虎は、幼なじみの少女・夏目と再会したことで、闇鴉への道を踏み出すことに——！
著者コメント／代表作として「Dクラッカーズ」「BLACK BLOOD BROTHERS」シリーズなど。ファンタジア文庫、25周年おめでとうございます！　めでたいですね！　一杯奢って下さい！

式神。

陰陽師《おんみょうじ》の使役《しえき》する使い魔《ま》。あるときは目に、あるときは剣《けん》に、そしてあるときは盾《たて》となり、忠実なる僕《しもべ》として、主《あるじ》に仕える霊《れい》的存在である。

☆

実体化を解くということがどういうことか。式神ならぬ皆様《みなさま》に実感をもってお伝えするのは、なかなかに難しいと思われます。

幽霊《ゆうれい》のような、というのとも少し意味合いが異なる気がします。何しろ、俗《ぞく》に言う幽霊は——実際にどうなのかは知りませぬが——大抵《たいてい》身体《からだ》があるものですよね？　透《す》けていたり、足がなかったり、手で触《ふ》れることができなかったりしても、「我が身」があることに違《ちが》いはありません。とすると、実体化を解いた式神とは、感じるところも自《おの》ずから異なるはず。何しろ、実体化を解いた式神には、己《おのれ》の意識こそあれ「我が身」を感じることはありませんから。

そうすると、意外と近しいのは、うとうとと居《い》眠《ねむ》りをしている感覚やも知れませぬ。

意識は澄《す》んでいるようでいて、その実、夢見心地《ごこち》と申しましょうか——やはり、正確にお伝えすることは、簡単ではないように思われます。

あ、もちろんこれは、実体の程度にもよります。実在から離《はな》れれば離れるほど、「我が身」は霞《かすみ》の如《ごと》くに霧散《むさん》し、「我」もまた意識から薄《うす》れ行きます。ただ、寝《ね》てしまうわけではないのです。むしろ逆でして、頭は澄み渡《わた》り、透《とう》徹《てつ》して行くのです。「情」の動きのみ薄くなるといえば、少しはわかって頂けるでしょうか。そして実在に近づけば、「我」は次第《しだい》にその輪郭《りんかく》を露《あら》わにし、同時に「我が身」をも知らず知らず意識の裡《うち》に組み込まれて参ります。ああ、つまり、こうなると先ほど申し上げた幽霊などと似たような感じと言えるのやもしれません。

ともあれ、常に主の側《そば》にお仕えする護法――近頃《ちかごろ》では、使役式だの護法式だのと呼ぶのだそうですが――は、状況《じょうきょう》に応じて己の有り様を変化させつつ、万全《ばんぜん》の態勢で下命に備えているのです。

むろん、このコンも。

☆

というわけで、いまもコンは、己の実体化を解いて意識をたゆたわせながら、就寝《しゅうしん》なさっておられる主のお側に待機し、主の下命に備えておりました。

場所は、陰陽塾《おんみようじゆく》なる学舎の、殿方用寄宿舎《とのがた》の一室。ちょうど夜明け前らしく、窓の外が白み始めつつあるところでした。

ちなみに、コンがお仕えする主は、そんじょそこいらの術者、どこの馬の骨とも知れぬような凡夫《ぼんぷ》とは訳が違います。

コン如きが口述するのも口幅《くちはば》ったいことではございますが、なんと申しましても、祖狐《そこ》葛《くず》の葉《は》を母とする平安の世の大陰陽師、かの安倍晴明《あべのせいめい》の血筋をひかれる御末裔《おんまつえい》。呪術界《じゆじゆつ》における清和源氏《せいわげんじ》とも言うべき、名門中の名門、陰陽道の宗家《そうけ》、ザ・土御門《つちみかど》の血族たる、やんごとなきお方なのでございます。

その御名《みな》は、土御門春虎《はるとら》様。

その輝《かがや》かしきお気質は天に座す太陽の如くして、その寛容《かんよう》たるお人柄《ひとがら》は遥《はる》かなる大海のよう。まだお若くして身につけたる泰然自若《たいぜんじじやく》とした物腰《ものごし》たるや、余人どもをして春虎様の大器を悟《さと》らせるに余りあることでしょう。コンめが敬愛して止《や》まぬ——否《いな》、敬愛などと畏《おそ》れ多うございました。コンが心より、崇敬《すうけい》申し上げる、それはそれはご立派なお方なのでございます。春虎様の護法たるを承《うけたまわ》りしは——不届きながら——コンめの誇《ほこ》りにてございます。

むろん、春虎様は呪術者としても——まあ、言うまでもないことですが——極《きわ》めて優《すぐ》れた資質をお持ちになっておられます。中でもその霊気《れいき》の強大にして秀逸《しゅういつ》なこと、凡百《ぼんぴゃく》の術者などとは、およそ比べるべくもございません。これはもう、天性の才能と称《しょう》するより他《ほか》はなきことにございまして、つまりは春虎様は天才であらせられるわけです。かように偉《い》大《だい》な主にお仕えできること、一式神として誇らしいと共に、背筋が伸《の》び、身の震《ふる》える思いです。

……とはいえ。

大変不遇《ふぐう》なことでございますが、実は春虎様は、ごく最近まで呪術の道を歩まれることができませんでした。

これは、誠《まこと》に複雑でひと筋縄《すじなわ》では行かぬ、極めて扱《あつか》いの難しい諸々《もろもろ》の事情が重なった結果です。極々端的《ごくごくたんてき》にまとめますと、春虎様には見鬼《けんき》の才がなかったがためです。

見鬼の才とは、世に充《み》ち満ちたる陰陽《いんよう》の気、木火土《もくかど》金水《ごんすい》の五気を、視覚に依《よ》らずして「視《み》」る力のこと。霊気を練りて呪力にし、呪術に用いる陰陽師にとっては、もっとも基《き》礎《そ》的とされる生まれながらの才のことにございます。これが、いかなる理由か、春虎様には備わっておりませんでした。

不束《ふつつか》ながらコンめが推測致《いた》しますに、これは造物主たる天帝《てんてい》、もしくは八百万《やおよろず》の神々が、世の不公平をわずかなりとも是正《ぜせい》すべく、泣く泣く下された処置なのでしょう。春虎様のあまりにも偉大な才能は、彼らをして座して見守ることを許さなかったのです。なんという悲劇でしょう。

まあ、見鬼の才なんて、どうってことないんですけどね。

あんなの、あろうがなかろうが、似たようなもんなんです。

ともあれ、かような実に下らぬ瑕疵《かし》——もとい個性のため、春虎様が呪術者としての道を踏《ふ》み出されたのは、世の陰陽師見習いどもに比べ、ほんの少しばかり遅《おそ》くなってしまいました。

そのため、現在春虎様は健気《けなげ》にも一学徒として、凡才どもと共にいまの世の陰陽術を学んでおられるのです。春虎様ほどのお方が、陰陽塾などという半人前向けの陰陽師育成機関にご在籍《ざいせき》されているのは、そういう理由なのでございます。

そしてコンもまた、日々勉学と鍛錬《たんれん》に励《はげ》まれる春虎様の護法として、そのお側にお仕えしている次第なのでした。

と。

壮健《そうけん》な寝息を立てられる春虎様の枕元《まくらもと》にて、ケータイが明かりを灯《とも》し、けたたましい音でやかましい曲をかき鳴らし始めました。春虎様がいつも利用しておられる、目覚ましの仕掛《しか》けにてございます。

春虎様は、

「……む……」

と身じろぎされましたのち、腕《うで》を伸ばしてケータイをつかむや、ボタンを押してケータイを止められます。そして、そのまま「ううん……」と心地よさそうに、再び健全な寝息を立て始められました。

これでは目覚ましの意味がない？　フ。愚《おろ》かな。春虎様のなさることに、抜《ぬ》かりのあろうはずがございません。ケータイはこのあとも五分置きに音が出るよう、あらかじめ設定されているのです。さすがは春虎様！

五分後。

「……ん……」

その五分後。

「……んん……」

そのさらに五分後。

「……んー」

ケータイが鳴るたびに、無意識のまま音を止められる春虎様。

……そう言えば、昨夜春虎様は、ずいぶん遅くまで漫画《まんが》をお読みになっていらっしゃいました。

すでに寄宿舎内は朝のにぎわいに包まれつつあります。寮生《りょうせい》たちが目覚めて一日の用意をする気配が、実体化するまでもなくコンにも伝わって参りました。

ここではっきり申し上げておきますが、春虎様が睡眠《すいみん》を優先されるのだとすれば、それは間違いなく正しいのでございます。あの塾で学ぶことなど、春虎様にしてみれば、半ばおままごとのようなもの。下らぬ講師の下らぬ講義のために春虎様の安眠を乱すなど、本末転倒《ほんまつてんとう》といえましょう。

ただ、春虎様は責任感の強いお方でいらっしゃいますので……。

そのような些細《ささい》な理由で、あとから春虎様がご自身を責められるようでは、コンとしても痛ましく……。

……し、失礼！

ひょい、と一瞬《いっしゅん》実体化して、ケータイを春虎様の手の届かぬ所に移動させてみました。

間もなくケータイが鳴り響《ひび》き、春虎様の手がパタパタと音源を求めて動かれました。が、当然指先は目当ての物に辿《たど》り着かず、春虎様の顔が「んが……」とお歪《ゆが》みに――ああっ、お許し下さいませ、春虎様！

そして、春虎様は大きく身じろぎなさると、涼《すず》やかな目元をパチパチとされながら、むくり――いえ、すっくとばかりに身を起こされました。

「……朝か」

はい。朝にございます。お早うございます、春虎様。

☆

春虎様はいつもご朝食を、寄宿舎の食堂にてお召《め》し上がりになります。

果たして、この寄宿舎で出される食事が、高貴なお生まれの春虎様の舌に合うのか甚《はなは》だ疑問ではございますが。それでも、人格者たる春虎様は、文句ひとつ口になされず、いつも完食なさっています。

今朝の献立《こんだて》は、アジの干物《ひもの》。漬《つ》け物と味噌汁《みそしる》と納豆《なっとう》も。春虎様はそれらをお持ちになり、空いたテーブルに着席なさいました。

そのテーブルには、先に座っている者が二名ほどおりました。

一人は、鉢巻《はちま》きよろしく額に布きれ――ヘアバンドと言う物だそうで――を巻いた殿方で、名を阿刀《あと》冬児《とうじ》。春虎様の学友の一人で、中でも特に親しくしている者です。

「よお、春虎。今朝もギリだな」

「ああ。昨日、天馬《てんま》に勧《すす》められたマンガ読んでてよ。これがすげー面白《おもしろ》くって」

「で、夜更《よふ》かしの上、寝不足ってわけか。欲望に忠実なことだ」

「我慢《がまん》は身体《からだ》によくねえからな」

些《いささ》か礼を失する冬児殿《どの》の台詞《せりふ》に、しかし春虎様は嫌《いや》な顔ひとつせず、逆に正面からやりこめてしまわれました。堂々とした、雄々《おお》しい態度です。

冬児殿は基本的に、義に篤《あつ》く忠を重んじる俠気《きょうき》のある好漢《こうかん》なのですが、惜《お》しむらくは礼に欠けることでしょう。春虎様のご厚意を良いことに、少々図に乗っているかと思われる節があります。

聞けば、春虎様とお知り合いになる以前は、ヤンキーなる無頼《ぶらい》の輩《やから》だったとか。とすれば、礼儀《れいぎ》作法が行き届かぬのも、無理からぬことではあるのでしょうか。ここは、冬児殿の粗野《そや》な振《ふ》る舞《ま》いをも笑って受け止め友情へと昇華《しょうか》してしまう、春虎様の器《うつわ》の大きさこそを評価すべきなのやもしれませぬ。

が、問題は同席するもう一人の方。

「春虎っ。君、最近少し弛《たる》んでるぞ？」

ふて腐《くさ》れたような面《おもて》にて生意気な口を叩《たた》きましたのは、外見だけは——まあ、ある程度は——整った、女の如《ごと》き長髪《ちょうはつ》の男児でした。ですが、それもそのはず。実はこれは男ではなく「おなご」にございまして、女が男の形《なり》をしているだけの、男装の女子なのでございます。

「だらしない顔して……制服も皺《しわ》だらけじゃないか。あと、髪《かみ》！　寝癖《ねぐせ》！」

「おお、マジか。どの辺？」

「耳の後ろ辺り。部屋を出る前に、髪に櫛《くし》ぐらい入れてきたらどうなんだ」

呆《あき》れたように説教を垂れる、不届き千万《せんばん》な男装の女子。

しかもこやつ、ただの男装女子ではございません。

名を、土御門夏目《なつめ》。そう。驚《おどろ》くべきことに、春虎様と同じく、土御門一門の——しかも、あろうことか春虎様の主家筋、土御門本家の一人娘《ひとりむすめ》にして、次代当主たる人物なのであります。

男の形《なり》をしているのも、本家に伝わる『しきたり』に由《よ》るのだとか……。

でも、ぶっちゃけ、あんまり殿方《とのがた》には見えませんけどね。春虎様もいつも首を捻《ひね》られていますが、よくぞあんなお粗末《そまつ》な男装で周囲にバレずに済んでいるものです。まったく世の中は節穴の凡夫《ぼんぷ》だらけです。

「だいたいなんだいマンガを読んでて寝坊《ねぼう》って。講義にも遅《おく》れがちなのに、そんなことでどうするんだ。もっと危機意識を持って毎日を送らなきゃ、いまに取り返しがつかないことになるよ」

「わかってる、わかってるって。とりあえずいまは、飯食わせてくれ。遅刻《ちこく》しちゃあ元も子もないだろ？」

いちゃもんをつける夏目殿に、春虎様はいつもながら寛容《かんよう》な態度で接されます。なんとお優《やさ》しいことでしょう。正直、春虎様のお優しさは、周囲の身の程《ほど》知らずどもを付け上がらせる諸刃《もろは》の剣《つるぎ》です。

それに、率直《そっちょく》に申し上げて夏目殿の春虎様に対する態度は、往々にして度が過ぎ、目に余ります。

これは、単に夏目殿が本家の人間だからというだけではないのでしょう。実はおぞましいことに、春虎様は分家の『しきたり』に従い、夏目殿に――あくまで形だけですが――式神として仕えねばならないのです。春虎様ほどのお方が、夏目殿の式神に！　かくも頭の悪い悪法を作ったのは、どこの不埒《ふらち》者なのでしょうか！

おかげで夏目殿は、『しきたり』による立場を鼻にかけ、コンの敬愛する春虎様を手下の如く扱うのです。なんたる無体。なんたる不埒。主家筋の者でさえなくば、月のない夜にコンめがさくっと天誅《てんちゅう》を下してやるのですが……。

にしても、夏目殿が本家に生まれ、春虎様が分家に生まれたのは、どうにも、いかにも、解《げ》せませせぬ。むろん、分家にお仕えするコンめにすれば、誠にもってありがたい、まさに天佑《てんゆう》とも称《しょう》すべきことではあるのですが……。

……大きな声では言えませぬが、ひょっとすると土御門の歴史は、どこかで本家と分家が入れ替《か》わってしまったのかもしれません。何しろ千年の歴史を誇《ほこ》る家柄《いえがら》ですし、それだけあれば色々表に出せないようなこともあったでしょうし……。

まあ、このご時世に本家だ分家だと騒《さわ》ぎ立てるのも、時代錯誤《さくご》というものでしょう！　関係ないですよ。どっちが分家とか。どっちが本家とか。

第一、無能な主家を有能な分家が支えて一門の存続を図《はか》るというのは、歴史上いくらでも例のあること。御輿《みこし》は軽い方が担《かつ》ぎやすいと申しましょうか、傀儡《かいらい》に中身は無用と申しましょうか、いずれにせよ春虎様には事の実態をご自覚された上、どうか腐ることなく無能な本家の舵取《かじと》りを執《と》り行って頂きたいものです。

かくいう間にも春虎様は健啖《けんたん》ぶりを発揮なされ——見ていて惚《ほ》れ惚《ぼ》れしてしまいます——朝食を平らげてしまわれました。

先に食事を終えてお茶を飲んでいた冬児殿、夏目殿に続き、春虎様もぐいっと男らしく茶碗《ちゃわん》をあおがれます。

「——ん。ごちそうさま。……行くかっ」

さあ、講義の始まりです。

繰《く》り返しになってしまいますが、春虎様が睡眠を欲《ほっ》されるのならば、それはもう堂々と、何を憚《はばか》ることもなくお眠《ねむ》りになるべきなのでございます。

なんとなれば、塾の講義など春虎様のご健康に比べれば、糸瓜《へちま》の皮とも思われぬようなもの。ミジンコほどの価値もございません。いずれを優先させるべきかなど、火を見るよりも明らかだと申せましょう。

☆

が。

誠《まこと》にもって情けないことに、世の中にはその程度の自明の理すら理解しておらぬ阿呆《あほう》が多すぎます。

大層な造りをした陰陽塾《おんみようじゆく》の塾舎。その教室でのことでした。

「よしわかった、春虎クン。とりあえずここから先は、起立したまま講義を受けてもらおかな」

机に突《つ》っ伏《ぷ》して休息されていた春虎様を嫌みたらしく起こしたばかりか、愚《おろ》かな講師は春虎様に向かって、とんでもないことをぬかしました。

この怪《あや》しげな関西弁を喋《しやべ》る見るだに胡散臭《うさんくさ》い男は大友陣《おおともじん》といいまして、面倒《めんどう》なことに春虎様の学級の担任講師なのでございます。

一応資格を有する陰陽師《おんみょうじ》だそうですが、コンの目から見ても、得体が知れぬ胡乱《うろん》な輩と申せましょう。少なくとも、講師らしくはございません。あ、そう言えば、以前手打ちにしてくれようとして――あやつは別に主家筋でもなんでもないので、躊躇《ちゅうちょ》する理由はございません――逆に不覚を取ったこともございました。あのときのことを思い出しますと、なるほど多少は腕《うで》に覚えがあるのでしょうが……。

にしても、仮にも春虎様に呪術《じゅじゅつ》の教えを授《さず》ける――春虎様に塾の講義が必要か否《いな》かの議論はさておき――という緊要《きんよう》な立場にありながら、立っていろとはなんたる傲慢《ごうまん》、なんたる怠惰《たいだ》。職務放棄《ほうき》に等しいやり口です。

「さすがの春虎クンも、立ったまま居眠りはできへんやろ？　いや、案外君ならできるかもしれへんな。ちゃんと話聴《き》くんやで～」

ええい、へらへらと忌々《いまいま》しい。今度隙《すき》を見て、お茶に猫《ねこ》の糞《ふん》でも混ぜておいてしまいましょうか。

やはり、このような下衆《げす》な輩に春虎様の講師が――元より形だけだとしても――務まろうはずがないのです。何故《なぜ》ここまで相応《ふさわ》しからぬ人選が為《な》されたのか。もはや理解に苦しむなどという段ではなく、春虎様の才能を妬《ねた》んでの妨害《ぼうがい》としか思えません。今度抗議《こうぎ》の意味を込《こ》めて塾長室に焼き討《う》ちでも仕掛《しか》けてみましょうか。

一方、起立を命じられた春虎様は、気まずそうに——あ、いえ、泰然《たいぜん》と微笑《ほほえ》みになられ、何も言わずにご起立遊ばされます。

理不尽《りふじん》ながらも講師と塾生。自らの立場をよくよく考えておられる証《あかし》ともいえる、潔《いさぎよ》い態度です。

なのに、隣《となり》におりました夏目殿は、

「……バカ虎」

と、いかにも憎々《にくにく》しげに小さく吐《は》き捨てやがりました。うぬぬ……大友講師といい夏目殿といい、どうしてこう春虎様の周りには己《おのれ》を弁《わきま》えぬ者ばかりいるのでしょう。

いや、この二人に留《とど》まりません。春虎様と同じ教室で学べることのありがたさすらわからぬ者どもが、クスクスと忍《しの》び笑いをもらしている始末。見るに堪《た》えず聞くに堪えないとはまさにこのことで……春虎様の「基本的に命令しないかぎり大人しく」という命がなければ、全員ののどをカッ捌《さば》いてやるところですっ！

いかに寛大な春虎様といえど、こういうときはガツンと言ってやればよろしいのでしょう。

なのに、春虎様は夏目殿に向かって、

「――ハハ。わりい」

ああっ。ああ、もうっ。春虎様ってば！

でも、そうなんですよね。その大様でお優しいところが、春虎様の魅力《みりよく》なのです。周りの者どもが付け上がるからといって春虎様のお優しさを責めることなど、コンにできようはずもありません。せいぜい、付け上がる馬鹿《ばか》どもに天罰《てんばつ》が下るよう、「積極的」に願をかけるのみにございます。

かくして、お気の毒にも春虎様はその場に起立させられたまま、大友講師の退屈《たいくつ》な講義を受けられました。

するとやがて、ガタンッ、と大きな音が。

教室中がハッとなり……実はコンめも不覚を取ってしまいました……！

もも、申し訳ありません、春虎様っ！　さすがのコンも、春虎様が本当に立ったままお眠りになられようとは思っておりませんでした……！

☆

休み時間、春虎様は大抵《たいてい》の場合、学友の者どもと気さくにお話になられます。

ところが、

「いやー、さすがにさっきは呆れたわ。あんた、どんだけ居眠りマスターなのよ」

「昨日はあんま寝《ね》てねえんだよ。買ったマンガが面白くってさ」

「はあ？　まさか、寝る間も惜《お》しんで読んでたっての？」

「ん。まあ」

「馬鹿じゃない？」

またしても不遜極《ふそんきわ》まりない発言をする者が出て来ました。

こやつは倉橋京子殿《くらはしきょうこどの》。土御門の古い分家筋に当たる倉橋家の娘《むすめ》にございます。

なかなかに見目麗《みめうるわ》しく、潑剌《はつらつ》とした娘ではあるのですが、だからといって外見に騙《だま》されてはなりません。己が身を弁えぬとはまさにこやつのことでして、常日頃《つねひごろ》から春虎様に向かってぞんざいな口の利《き》き方をしている、とんだあばずれ娘なのです。以前は、式神勝負でこのコンも手合わせしたことがあるほど。倉橋が土御門に刃向《はむ》かおうなどと、言語道断ではありませんか。

分家のくせにっ。分家のくせに！

「ひょっとして、昨日僕が勧《すす》めたやつ？」

「おう、それそれ。あれ、おもしれーな。続きが気になって仕方なかったよ」

「ハハ。気に入ってくれたなら勧めた甲斐《かい》があるけど――」

「わかってるよ。次からは気を付けるってば」

もう一人の学友にも、春虎様はいたって気取らず受け答えなされました。こちらは、百《もも》枝《え》天馬殿。えー、一応百枝家の嫡男《ちゃくなん》と聞いておりますが……まあ、取り立ててどうこういうほどの人物ではございません。学級の凡百《ぼんぴゃく》その一という程度の認識《にんしき》でよろしいかと。あ、でも、春虎様に対する物腰《ものごし》は、近しいところでは一番わかっておる模様。よって、コンとしては気に入っております。

まあ、身の程を知る、当然の態度ではあるわけですけどね。他《ほか》の者どもも、最低限こやつ程度の礼儀《れいぎ》は心得るべき。まじに。

「春虎っ。笑い事じゃないんだからね？　ぼく、君が倒《たお》れかけたときは、何があったのかと思ったよ！　そのあとはクラス中の笑いものだったし……だいたい君は、いつもいつも……！」

「いや、悪かったって。反省してるから」

春虎様は苦笑《くしょう》して謝られました。別に謝る必要などないように思いますが、こういう何事にも動じられぬところは、さすがは春虎様でしょう。

ていうか、夏目殿うるさい。

「しかし、春虎。お前の居眠りも、一層磨《みが》きがかかってきたな」

「ちぇっ。だって、高校のときより忙《いそが》しいからよ」

「てことは、一般《いっぱん》の高校に通ってたときも、居眠りはしてたわけね？」

「言うほどしてねえって。……まあ、たまにはしたけど……」

「でもさ。こんなこと言うと失礼かもしれないけど、春虎君って居眠りが似合うよね」

「天馬。それは本当に失礼だぞ」

「……ってコラ！　バカ虎っ。いまはぼくが話してるんだから、ぼくの話をきちんと聞かないか！」


春虎様への不敬を指摘《してき》するのも間に合わぬほどに、騒がしい談話は続きます。こういうとき春虎様がコンめを召喚《しょうかん》して下されば、少しはこやつらの性根《しょうね》を教育してやれるのですが……。

ともあれ、春虎様の護法と致《いた》しましては、このようなときも油断することなく、周囲に気を配ることにしましょう。

……先ほどは失敗してしまったことですし……。

☆

かくして、数々の無礼を大らかに受け流されつつ、春虎様はこの日の講義を、すべて受講されました。

これにて本日の陰陽塾はお終《しま》い。ただし、勤勉なる春虎様は、塾の講義がすべて終わったあとも、地下にある呪練場にて自己鍛錬《たんれん》を行っておられます。そもそも、塾の講義は大半が座学。才気《さいき》溢《あふ》れる春虎様が退屈《たいくつ》なさるのも無理からぬことでして、その分、放課後は実際に呪術を駆使《くし》して発散なさっておられるわけです。

春虎様の身の回りの者どもも、各々《おのおの》用事がない場合は、春虎様の鍛錬に参加し、協力することが多いようです。まあ、こうした態度は、少しは感心してやってもよいかもしれません。

そして……お待たせ致しました。ついにコンの出番です！

「よしっ。んじゃ、いくぞ――コン！」

きたー！

「か、かか、畏《かしこ》まりました、春虎様っ！」

意気軒昂《けんこう》。コンは、いざ、とばかりに実体化します。たちまち、己《おのれ》の身体《からだ》の感覚が蘇《よみがえ》り、春虎様の存在感が、ぐっと、ぐぐっと、際《きわ》だちます。

春虎様の声を耳で聞き、春虎様から流れ込む霊気《れいき》を全身に浴びて――まさに至福のひとときと申せましょう！

床《ゆか》に降り立ち、春虎様を見上げます。コンは式神にて外見などは文字通りに単なる「見た目」に過ぎないのですが、一応ご説明申し上げましょう。瞳《ひとみ》の色は、青。まだ幼い、十にも届かぬような女児の姿をしております。

幼児の姿の式神なんて——と、この道に疎《うと》い方は思われるやもしれませんが、それはズバリ素人《しろうと》考えというものでしょう。むしろ、「童子」というのは式神が取る姿としては、定番中の大定番。現に、いまでいう「護法式」の元となりますは、「護法童子」と呼ばれる童子姿の鬼神《きしん》にございます。ノー小細工。ノー虚仮威《こけおど》し。歴史ある、スタンダードな、信頼《しんらい》と実績に裏打ちされた、式神の在《あ》るべき姿なのです。憚《はばか》りながら、何事も王道を好まれる春虎様には、相応しい姿と自負する所存。

また、コンは霊狐《れいこ》の式神なので、頭上には大きな三角の耳がふたつ、おしりには木の葉型のふわふわとしたしっぽがございます。つまり、狐《きつね》の耳と尾《お》ですね。

光栄の極みと申しますか、春虎様は大の動物好きでございまして、コンめの耳としっぽも大層お気に召《め》してございます。むろん、コンとしても自慢《じまん》のチャームポイントでして……この毛並みと艶《つや》、肌触《はだざわ》りなどは、どこぞの男装女あたりでは逆立ちしても敵《かな》わぬ点かと。ふふふ。

「よーし、コン。準備はいいか？」

「ももも、もちろんにございます！」

我ながら情けないことですが、いまだにコンは、偉大《いだい》なる春虎様を前にするときちんとお話しすることができません。あまりの畏《おそ》れ多さに、萎縮《いしゅく》してしまうのです。無理からぬことではあるのですが、いずれは克服《こくふく》せねばならぬでしょう。その……分を弁えぬ願いやもしれませんが……コンだって春虎様と、ちゃんとお喋《しゃべ》りしたいのですっ。

はっ⁉ 話が逸《そ》れてしまいました。いまは春虎様の鍛錬時間。目の前のことに集中せねば。

コンが身にしていますのは、白い水干《すいかん》に丈《たけ》の短い指貫《さしぬき》。

そして、愛刀の匕首《あいくち》、『搗割《かちわり》』にございます。

コンは背中に差した『搗割《かちわり》』の柄《つか》に手を回し、春虎様にしっかと頷《うなず》きました。

本日は京子殿の操《あやつ》る護法と試合をするとのこと。春虎様は放課後の鍛錬では、何回かに一度は試合を為《な》されます。常に実戦形式を尊ばれる辺り、さすがは春虎様。高い意識を持っておられます。

ちなみに、京子殿の操る式神は、『夜叉《やしゃ》』なる型式の人造の式神。初手合わせでは不覚を取りましたが、最近は負けてばかりはおりません。今日も目に物見せてやりまする。

「じゃあ、春虎。始めるわよ～」

緊張感《きんちょうかん》に欠ける声で、京子殿が合図を送ります。対して、真剣《しんけん》な面持《おもも》ちで——格好いい！——構えを取られる春虎様。コンも気合い十分にて、愛刀『搗割《かちわり》』を逆手にて鞘走《さやばし》らせます。

「とやあああっ！」

いざ、尋常《じんじょう》に勝負。

☆

……無念です。

あと少し……あいや、ほんとにあともう、ほんの少し、ほんのわずかな僅差《きんさ》だったのですが……。

「くそ。負けたか。いやあ、惜しかったな。いまのは悔《くや》しいぜ」

自らの負けを潔《いさぎよ》く認めつつも決して卑屈《ひくつ》にはなることはなく、春虎様は大きく息をついて、そう仰《おっしゃ》りました。

「——ふん。ちょっと押してただけじゃない。あたしの白桜《はくおう》と正面からやり合うなんて、まだまだあんたには早いのよ」

京子殿が精一杯虚勢《せいいっぱいきょせい》を張って減らず口を叩《たた》きました。空威張《からいば》りも甚《はなは》だしいのですが……。

無念ながら負けは負け。言い返すことはできません。

春虎様ほどのお方に、あろうことか黒星を点《つ》けさせてしまうなど……なんと不甲斐《ふがい》ない護法でしょうか。コンは自分が情けないです。

ところが春虎様は、

「へ。言ってろよ。いまに文句の付けようがないくらい、ばっちり勝ってみせるさ」

と、颯爽《さっそう》と不敵に仰ったのです。

その輝《かがや》かしい笑顔《えがお》たるや、まさに目も眩《くら》まんばかり。惨《みじ》めな負け狐には、あまりに畏れ多く、眩《まぶ》しすぎます——！

しかも、

「ほら。コンも、しょぼくれんなって。実際おれら、イイ線行ってたじゃん？」

そう、不甲斐ないコンにお声をおかけになられたばかりか、なんとっ、御《おん》自ら頭を撫《な》でて下さいました！

なんという優《やさ》しいお心遣《こころづか》い。その温かな手のひらがまた……。

はあぁぁ。春虎様ぁぁぁ。

「今度は勝とうぜ」

「はは、はいっ！　必ず……必ずや！」

コンは春虎様のご尊顔を仰《あお》ぎながら、固く胸に誓《ちか》ったのでした。

☆

塾舎《じゅくしゃ》を出て寮《りょう》に戻《もど》ると、すぐに夕食の時間となります。そのあとは入浴され、あとは就《しゅう》寝《しん》までのんびりされるのが、いつもの春虎様の過ごし方。……あ、ちなみに入浴の際、コンめは浴室の外にて番をさせて頂いております。本当は実体化してお背中などをお流ししたいのですが、春虎様の言いつけでして……少し残念です。あっ、べ、別にやましい気持ちはこれっぽっちもありませんから！

もっとも、この日の夕べは、平穏《へいおん》無事とは参りませんでした。

お風呂《ふろ》をお召《め》しになり、涼《すず》やかなる男っぷりをさらにお上げになった春虎様は、その後食堂にて寛《くつろ》がれておりました。

そこへ、

バンッ、

と無粋《ぶすい》にも、春虎様が座る目の前のテーブルに、何冊もの書物が積み上げられました。

それらの書物をまとめて置いたのは、澄《す》まし顔の夏目殿《どの》。春虎様が、うわ、と苦い顔をされます。

「ほらっ、春虎。今日の講義で居眠《いねむ》りしてた分を復習するよ。わからないところは、ぼくが見てあげるから」

さも当然のように――どころか、恩着せがましい物言いで言う夏目殿に、さすがの春虎様も渋面《じゅうめん》を返しました。

基本的に春虎様は、実戦重視の実力主義。座学などと言うまどろっこしいことには、興味が薄《うす》いのです。況《いわ》んや、夏目殿如《ごと》きに教えを請《こ》うなど、いかな春虎様とて腹に据《す》えかねるのは当然のことでしょう。

「い、いや、大丈夫《だいじょうぶ》だよ、夏目。確かに昼間は居眠りもしたけど、あのあとはちゃんと講義聞いてたし……」

「だから、居眠りしてたところを復習するって言ってるんだ」

「にしちゃあ、やけに教科書が多いって言うか――」

「うん。この際、これまで君が居眠りしてた箇所《かしょ》を、全部フォローしようと思ってね。とりあえず、ぼくが覚えてたところだけ持ってきた」

えっへんと胸を張る夏目に、「覚えてるのかよ……」と春虎様は呆《あき》れた口振《くちぶ》りで仰りました。実際呆れたものです。

「いいかい、春虎。今朝も言ったけど、最近の君は少し気が抜《ぬ》けすぎだ。陰陽塾《おんみょうじゅく》の生活に馴染《なじ》んできたのは結構なことだけど、だからって油断していいわけがない。君はみんなよりスタートが遅《おそ》かった分、ハンデがあるんだしさ。何より、君は名門土御門家の一員なんだ。本来なら、みんなの模範《もはん》にならなきゃいけないんだぞ？　怠《なま》けてる暇《ひま》なんてまったくない！　日々精進《しょうじん》あるのみだ！」

一方的に盛り上がる夏目殿を、春虎様は、またか、という眼差《まなざ》しでご覧になっておられました。そう言えば夏目殿、春虎様が入塾された当初は、お題目のように「土御門の自覚」がどうこうと、うそぶいていたような。

これは、いわゆる、あれですね。自慢《じまん》できるものが家柄《いえがら》しかないものだから、やたらとそこに拘《こだわ》るという……。

いわば虎の威《い》を借る狐です。大変みっともなく、しょーもない――というより、いっそ哀《あわ》れと言うべきでしょうか。夏目殿も、なまじ土御門の本家になど生まれずば、また違《ちが》う生き方もあったのやもしれません。分不相応な出自を思えば、まこと、不憫《ふびん》と言えば不憫でしょう。

その点、春虎様は違います。

実力に裏打ちされた、確固たる自信をお持ちです。コンの知る限り、わざわざ土御門の威光を持ち出されたことなど、一度たりともございません。やはり、たまたま本家に生まれただけの夏目殿とは、器《うつわ》の大きさが違います。殿方《とのがた》たるもの、かようにドンと構えていて欲しいものです、はい――

……って、ハアアっ⁉

い、いま思い出しましたが、「虎の威を借る狐」って確か、本当はトラを恐《こわ》がっている動物たちを前に、偉《えら》そうに振《ふ》る舞《ま》ってみせるキツネの話ではありませんでしたっけ？　そもそも「虎」と「狐」って、まんま春「虎」様とコンめに当て嵌《は》まる図式……！　あわわ……。

コ、コンは別に、春虎様を笠《かさ》に着て、威張ってなどいません……よねっ？　よね⁉

「さあさあ、始めるよ、春虎。まずは今日の分からだ。これから。はい、七十九ページ開く」

「……あー……」

コンの些《さ》細《さい》な動揺《どうよう》を余所《よそ》に、春虎様は渋々《しぶしぶ》机の書籍《しょせき》に手を伸《の》ばされました。ページをめくってぶつぶつと文章をお読みになられます。

ところが、早速《さっそく》その声が止まりました。

あー、うー、と唸《うな》り声をもらされて……まるで漢字の読み方がわからないかのような……い、いやいや。まさかまさか。こと春虎様に限りまして、漢字の読み方がわからないなどというわけが……。

「夏目。これ、なんて読むんだっけ？」

かか、漢字の読み方がわからないからといって、いったい何が問題になりましょうや！　本邦《ほんぽう》には、平仮名《ひらがな》もあれば片仮名とてありますれば、漢字のひとつや二つなど、まるで、まったく、無問題《モウマンタイ》っ。

てか、表意文字とか、なんか変に気取ってますしね！　表音文字の方が、ずっと親しみやすいですもの！　広くみんなに、優しいですもん！

にもかかわらず、夏目殿ときたら、

「——はあ。まったく」

と、わざとらしくため息をつき、しかも些《いささ》か嬉《うれ》しそうにテーブルを回り込んで、「どれ？」だなんて身をかがめて……。

ていうか、近いっ。近いし！　不必要に近すぎますから、夏目殿！　しかも、これみよがしに鬢《びん》のほつれを指で掻《か》き上げてみたりして！　調子乗るのも大概《たいがい》にして下さいよ？

まじに⁉

☆

そして――

早々と夜も更《ふ》け、春虎様が度々《たびたび》あくびを噛《か》み殺されるようになったころでした。

夏目殿はようやく笑顔で、

「うん」

と満足気に頷《うなず》きました。

「じゃ、とりあえず今日のところは、これくらいにしておこうか？　続きはまた、明日《あした》の夜に」

「……あ、明日もこれ、やるんデスか？」

「当たり前だろ？　君が居眠りしてた分は、まだまだこんなもんじゃ、全然足りないんだから」

げんなりされる春虎様に、クスクスと笑いかける夏目殿。こんな時間まで春虎様の貴重な時間を潰《つぶ》しておきながら、なんなのでしょうかこの上から目線は？　そこは、こんな遅くまでお付き合い下さいまして、誠《まこと》にありがとうございました、でしょっ？　いい加減にしろ!?

「まあ、明日の講義に響《ひび》いても本末転倒《ほんまつてんとう》だしね。今日はこのあとマンガなんか読んでないで、ちゃんと寝《ね》なきゃ駄目《だめ》だからね？」

「はいはい。了解《りょうかい》いたしました、ご主人様」

辟易《へきえき》となされた様子で、春虎様が生返事をします。が、ともあれそれで講義の復習は、お開きとなりました。春虎様と夏目殿は、一緒《いっしょ》に食堂をあとにして、各々《おのおの》の私室に戻られます。

「お休み」

と挨拶《あいさつ》を交《か》わして、自室のドアを閉じた春虎様は、「ふう」とため息。

それから、義理《ぎり》堅《がた》い春虎様らしく、夜更《よふ》かしをなさるでもなく、ご就寝の準備を始められました。

手ずからに布団《ふとん》を敷《し》かれ——これも、コンにお命じ下さればよろしいのに！——中に入って、横になられます。

「寝るか」

と、ひと言。

そして、明かりを消され、部屋が暗闇《くらやみ》に包まれました。

まこと、今日も一日、お疲《つか》れ様でございました。正直、けしからぬことも幾つかございましたが——それはそれといたしまして、春虎様のお側《そば》に仕えさせて頂き、コンも幸せでございました。

「……お休み、コン」

はい。

お休みなさいませ、春虎様……。

☆

……と。

春虎様が健《すこ》やかな寝息を立て始められたころでした。

ふと――

いつものように自我を薄め、実在から遠ざかりかけていましたところ、何やら不可思議な気配を感じました。

まるで、誰《だれ》かに呼ばれているかのような……。

いえ、確かに何者かに呼ばれております。コンは不審《ふしん》に思いつつ、面倒《めんどう》なのを押して、実体化いたしました。……あ、いや、本来は主《あるじ》の命なくば、勝手な行動など慎《つつし》むべきなのでしょうが……。

真っ暗な部屋の中、再び実体化しましたコンは、虚空《こくう》に向かって三角の耳をピクピクと澄《す》ませます。

そして——ああ、なんだ。すぐに合点がゆきました。

コンは一度実体化を解き、閉《と》ざされた窓から外に出ます。そして、寮《りょう》の屋上に移動しました。

たちまち、コンを呼んでいた謎《なぞ》の気配が、嬉しそうに体をくねらせました。いえ、別に、謎の気配でもなんでもありませんでしたね。馴染みの気配です。でかい図体《ずうたい》が些か邪魔《じゃま》ですが、これでも気のいいやつなのです。

夏目殿《どの》の式神。竜《りゅう》の北斗《ほくと》。

コンはあらためて実体化すると、

「こんばんは、北斗殿。どうされましたか？」

実体化こそせぬものの、極《きわ》めてそれに近しい形まで実在に寄った状態で、北斗はひと言、

暇《ひま》。

と身も蓋《ふた》もなく言いました。どうやら、退屈《たいくつ》しのぎにコンに声をかけた模様。コンは、やれやれと、と息をつきます。

「またですか。仕方がないですねえ」

クスリと微笑《ほほえ》み、しっぽを揺《ゆ》らしながら、寮の屋上——その手すりに、ちょこんと腰《こし》をかけました。

実のところ、北斗から退屈しのぎに声をかけられるのは、これが初めてではございません。春虎様はもちろんのこと、主たる夏目殿とて知りはすまいが——何週かに一度の割合で、ちょくちょくとあることなのです。

何しろ、北斗は名門土御門の守護獣《しゅごじゅう》。いまや貴重な、本物の竜です。性格は稚気《ちき》に溢《あふ》れる面白《おもしろ》いやつなのですが、その霊位《れいい》たるや大層なものでして……。まあ、そうそう容易《たやす》くは召喚《しょうかん》できぬ式神なのでございます。おかげで、暇をもてあますことも、珍《めずら》しくはないのでした。

況《いわ》んや、主があの、夏目殿と来ては……ねえ？　そりゃあもったいぶって、北斗を召喚など致《いた》さぬわけです。

ということで、せめてコンぐらいは、なるべく北斗に付き合ってやるようにしているのでした。まあ、同じ土御門に仕える身でもございますし？　同僚《どうりょう》と言えば同僚的な？　同じ立場の、シンパシーみたいな？

いわゆる、ダチ、というやつなのです。

言わば、春虎様と冬児殿みたいなものですかね。春虎様に対する冬児殿の如《ごと》く、こいつはこいつで大概なやつではありますし。

「それで？　今宵《こよい》はどのようなことをして遊びまするか？」

両足を振りながらコンが尋《たず》ねると、北斗は嬉しそうに、その巨体《きょたい》をくねらせます。そして、まずは今日一日のことについて、世間話を始めました。

たとえば、日常のささやかな変化について。

たとえば、互《たが》いの主について。

「まあ、こんなことを北斗殿に申しても詮無《せんな》きことではありましょうが、やはりコンめが思うに、夏目殿はなってませぬよ？　頭でっかちと申しますか、虎《とら》の威《い》を借る狐《きつね》と申しますか。……ああ、そうシュンとなさらずとも！　ま、まあ、あれで可愛《かわい》らしいところもあるのかもしれませんよ？　たとえば、そう……。たとえば、あの……。す、すぐには思いつきませぬが、媚《こ》び媚《こ》びなところとか、やたら偉そうなところとか、一周回ってそれはそれでと言うか……」

とりとめもない四方山話《よもやまばなし》を、身振り手振りを添《そ》えて、お話しします。

まあ、こんな風にこっそりと主のことを話題にするのも、それはそれで式神ならではの醍醐味《だいごみ》と言うもの。陰陽師《おんみょうじ》には陰陽師なりの、少々特殊《とくしゅ》な「世間」がありますように、式神には式神なりの、さらに特殊な「世間」があるのです。主たる皆様《みなさま》は知らぬことでしょうけど……でも、たぶん、きっと、お許しになって頂けるかと。

また、滅多《めった》に召喚はされぬにしても、なんだかんだで北斗殿も、夏目殿のことは好いている様子。やはり、式神たる者、何をどうしてみたところで、主を嫌《きら》いになどはなれぬのです。

仮に欠点があったとしても、かえってそこを愛《いと》おしく思うが、拭《ぬぐ》い切れぬ式神の性《さが》。

だって——ねえ？

なんと申しましても、唯一無二《ゆいいつむに》の、ご主人様なのですから。

とはいえ、やはりコンは幸運かと！　何しろ、春虎様のような、素晴《すば》らしい主に恵《めぐ》まれたのですから。

「明日も、主のお役に立てると良いですねえ」

コンの素直な感想に、北斗もうんうんと頷きます。

見上げれば、夜空には、月。

遥《はる》かなる天体を肴《さかな》に、子狐と竜はたわいないやり取りで、この美しい夜を過ごすのでした。

ハイスクールD×D

リアス・イン・ワンダーランド

著：石踏一榮　イラスト：みやま零

STORY

「ハイスクールD×D」は、突然悪魔に転生してしまったバカでスケベな高校生、イッセーこと兵藤一誠が、自分の主で学校一美少女な悪魔リアス・グレモリーとイケナイことをするため日夜ガンバる、努力と友情で勝利を勝ち取ったり、ちょっといい事をしたり、でも大概はほぼエロエロな日々を綴った、エロコメの代名詞な物語である。

著者コメント／初めまして、石踏一榮です。今回の企画に参加できて光栄です。「おっぱい」という単語が一つもなくていつもと雰囲気が違いますが、第三章のもう一つの完結としてたまにはシリアスに書いてみました。時系列的には13.5巻です。

――これは、私に与《あた》えられた罰《ばつ》なのだろう。

それは私――リアス・グレモリーと兵藤一誠《ひょうどういっせい》の間に起こった出来事だった。

「それだけは……素直《すなお》に応じられません」

普段《ふだん》なら二つ返事をしてくれるイッセーが珍《めずら》しく私の意見に応じなかったのだ。

深夜に行われる悪魔《あくま》の仕事――。

私たちがポストに投函《とうかん》、あるいは街路で配る魔《ま》方陣《ほうじん》の描《えが》かれたチラシ。受け取った人間はそれに願いを込《こ》めることによって、私たち悪魔を召喚《しょうかん》できる。私たちはそこで人間からの願いを聞き入れて叶《かな》えることで相応の対価をいただいているのだ。

そのルールは上級悪魔である我がグレモリーにおいても一切《いっさい》変わりはない。

その日も滞《とどこお》りなく悪魔の仕事は済むはずだった。しかし、私の眷属《けんぞく》悪魔にして、最愛のヒトでもある兵藤一誠――イッセーが進言してきたのだ。

「あの、今度のアーシアの仕事なんですけど……俺も手伝っていいでしょうか？」

彼はアーシアが後日、常客に行う予定の仕事に関して、意見を申し出てきた。

アーシアがする仕事というのは――豪邸《ごうてい》を持つ依頼主《いらいぬし》の引っ越《こ》しを手伝うというものだ。

さすがにアーシアと依頼主だけでは心許《こころもと》ないと感じたのだろう。

普段の私であるなら、そのイッセーの意見に即《そく》了承《りょうしょう》を出している。

けれど、そのときの私は否《いな》を唱えてしまったのだ。

「ダメよ。それぐらいアーシア一人でやれなくては今後のためにはならないわ」

「で、でも、お金持ちの引っ越しですよ？　お手伝いさんもお休みでいないというし、さすがに大荷物の数々をアーシアと依頼主の二人だけでやるのは……」

イッセーの言うことはもっともである。

でも、私はその日に至るまでに、ある不満を募《つの》らせていたのだ。

最近、イッセーが私と周囲にいる者たちとの接し方に差があるように思えてならなかった。

食事の際、イッセーは私以上に朱乃《あけの》の作った料理を褒《ほ》めている。

買い物の際、私よりも日本に不慣れなアーシアやゼノヴィア、レイヴェルのサポートばかりをしていた。私も少しでもいいから買い物に付き合って欲しかった――。

休日もリビングで小猫《こねこ》やオーフィスの相手ばかりをしている。

幼い頃《ころ》の話をイリナさんとしているイッセー。私は……小さい頃の彼を知らない。

それらはほんの少しだけの不満だ。それひとつひとつであるなら、別段気にも留めないことだろう。

けれど、彼と想《おも》いを繋《つな》げたいま、ひとつひとつの事柄《ことがら》が、不満が、少しずつ少しずつ募っていって――。

彼が誰《だれ》にでもやさしいのは知っている。皆《みんな》が彼を慕《した》っているのもわかっている。立場的に私は彼女たちの想いもきちんと踏《ふ》まえなければならない。

それでも、私のことももっと大事にして欲しいという願いが私のなかでしだいに強くなってしまったのだ。……本当、わがまま女だって自分でも思う。

彼を一度失って、私は……。あんな辛《つら》い思いを二度としたくないから、忘れたいから――。私に甘えて欲しくて、私自身も彼に甘えたかったのだと思う。

それは皆も一緒《いっしょ》、私だけが存分に享受《きょうじゅ》するわけにもいかなかった。でも……でも……。

そのときの私は自分でも思ってもみない「否」を口にしてしまった。

『王《キング》』であるのに、グレモリーの次期当主という身でありながら――私は激情に駆《か》られてしまう。

そして、自分の性分《しょうぶん》、性格のせいか、一度唱えたことを覆《くつがえ》すことができず、私は――。

「やっぱり、アーシア一人じゃ厳しいと思うんです！」

食い下がる彼に私は語気を荒《あら》らげる。

「ダメよ！　アーシアばかり甘やかしてはダメ。あなたが過保護のままでは、アーシアはいつまで経《た》っても仕事ができないわ！」

「……いつもの部長……いや、リアスなら、応じてくれるはずなのに……どうしてですか？　今夜に限っておかしいですよ！」

——おかしい。

おかしい？　私が？　いつもの私……？

そうね、いつもの私ではないのかもしれない。おかしいのだろう。でも、一度吐《は》き出してしまった感情は抑《おさ》えることなどできなかった——。

「……おかしいって……あなたに私の何がわかるというの？　私は『王《キング》』で！　あなたの主《あるじ》なのよ!?　私に意見をしないで！」

机を叩《たた》き、私は激高してイッセーに感情をぶつけてしまった。

彼の表情は——驚《おどろ》き、そして、悲しそうな色を瞳《ひとみ》に浮《う》かべていた。周囲の眷属《けんぞく》たちも私とイッセーのやり取りを複雑な面持《おもも》ちで見守っている。

「……俺はただ……」

何かを続けようとした彼は、そのまま黙《だま》り込んでしまった。

………私はただ気づいてほしかっただけ。私のことをもっと見て欲しい、と。ただ、それだけだった——。

……いいえ、自分を律しない私が全部悪い。なんて情けない女だろうか。グレモリー次期当主たる私がこんなことで……。

イッセーとアーシアにいやしい気持ちをぶつけてしまうなんて……っ！

……けど、私は……。

静まりかえる室内。そこにひとつの連絡《れんらく》用魔方陣が私の耳元に展開する。

そこから、送られてきたのは――。

私はその情報を耳にして、息を整えて頭のなかを切り替《か》える。

「――はぐれ悪魔の討伐《とうばつ》命令が私たちに下ったわ」


大公アガレス家からの命を受けて、私たちは三つ隣《となり》の町に降り立ち、深夜の廃墟《はいきょ》ビルで「はぐれ悪魔」の討伐を行った。

よほどのケースでない限り、力を増していっている現在の私たちにとって、討伐命令は難度の高いものではない。それでも決して油断をしてはならないが……その日の討伐案件も私たちは何事もなくこなしていった。

すでに人間界に害をなしていた「はぐれ悪魔」を私たちは消滅《しょうめつ》させて、残るは後始末だけとなった。

討伐を終えた私は、一気に張り詰《つ》めていたものを解き、先ほどのイッセーとの口論で頭がいっぱいになった。

イッセーも眷属たちもできるだけ私の機嫌《きげん》を損《そこ》なわないよう、気を遣《つか》ってくれているのが態度や表情などでわかってしまう。

一言、「ごめんなさい」と謝罪の言葉を口にすれば済む話だ。だが、それを口にしたら、私はイッセーの鈍感《どんかん》なところに屈《くっ》してしまったようで……少し嫌《いや》だった。

ううん、鈍感なところも含《ふく》めて彼を愛している。

けれど、そのときだけは、私も馬鹿《ばか》みたいに頑《かたく》なだったのだ。思っている以上に自分が子供なのがまた嫌になってしまう。

アーシアが一歩前に出て、口を開く。

「あ、あの……リアスお姉さま……私……」

謝るつもりなのだろう。イッセーのことを許してあげてほしい、と——。

やさしい子。私にとっても妹のようにかわいくて、愛《いと》しいアーシア。

私が全部悪いのだ。アーシアが辛そうな表情を浮かべているのはすべて私の罪だ。でも、私はアーシアの頬《ほお》をひとなでしたあとに遮《さえぎ》ってしまった——。

「ごめんなさい……。先に帰るわ」

私は——その場を逃《に》げてしまった。なぜだろう。ただ、そこに長く居たくなかった。少しでも一人になりたかった。少しだけ気持ちを整理する時間がほしかった。

そして気持ちを落ち着かせたのち、必ず謝ろう。イッセーとアーシアと皆に——。

私は転移魔方陣を展開して、部室に戻《もど》ろうとした。

転移の光に包まれて、魔力が弾《はじ》けた瞬間《しゅんかん》——。

私が転移した先は——。


—○●○—


……そこは朝の市街地だった。

……朝？　いえ、いまは深夜だったはず。朝までまだかなりの時間があった。

それに私が転移する先は駒王学園《くおうがくえん》のオカルト研究部の部室だった。

……時間を飛ばしての転移なんて、魔王でも不可能に近く、純血の悪魔でそれができたとしても魔力の可能性を研究し続けるメフィスト・フェレスさまか、アジュカ・ベルゼブブさまぐらいしかいないだろう。

私が偶然《ぐうぜん》でもできるとは思えない。だとしたら……これはいったい……？

周囲を見渡《みわた》せば、皆の気配も姿も見られない。

……攻撃《こうげき》された？　強制的に時間を飛ばされて転移させられたのだろうか？　ギャスパ

ーの能力が暴発した？　いえ、停止されたときの不可思議な感覚はなかった。

……警戒《けいかい》を強めながら、私は再度魔方陣を展開させて、転移の光のなかに身を投じる。

転移の先に広がった風景は――森のなかだ。

……見渡せど目に飛び込んでくるのは緑の風景のみ。

記憶《きおく》にある場所にいるはずなのに、そこに旧校舎の姿がなく、新校舎があったところに足を運んでも、そこには校舎の建っていた痕跡《こんせき》すらもなかった。ただ、森と草花の景色が広がるだけだ。

……ここは私が住んでいる町よね？　そして、ここには駒王学園があったはず……。

私は急いで連絡用の魔方陣を展開して、仲間やソーナを呼ぶ。

しかし、連絡に応じる者は一切なく、魔方陣は空《むな》しく宙に展開しているだけだった。

「……朱乃！　ソーナ！　グレイフィア！　母上！　父上！　応じてちょうだい！　お願い！」

呼んでみても魔方陣は身内の者に繋がる気配はなかった――。

それならと思い、私は冥界《めいかい》に転移するための魔方陣を描いて、そこに飛び込んでみたのだが――。

魔方陣は反応せず、転移は成功しなかった。

……どういうこと？　ここは……私の知っている町と違《ちが》うというの？

……疑念は強まる一方で、私はとある場所に向かった。

――兵藤家だ。

日本での私のホーム。大事なヒトたちと暮らす愛しき場所。

そこにたどり着いたとき、私は衝撃《しょうげき》を受けてしまった。

兵藤家はある。でも、そこにあったのは――。

夏休み前に兵藤家は六階建ての広いお家《うち》になった。けれど、目の前にあるのは……増築前の二階建て。

表札を確認《かくにん》した。「兵藤」と記《しる》されており、ここには「兵藤」と名の付く者が住んでいる。

ふいに玄関《げんかん》が開かれた。そこから姿を現したのは――イッセーとアーシアだった！

彼らは存在する。でも、どこか違うように思えて――。

「わりぃわりぃ、寝坊《ねぼう》しちゃってさ。いつも迎《むか》えに来てもらってわりぃな」

「もう、イッセーくんったら、また夜中までゲームしていたんでしょ？」

「いやー、この間買ったRPGがボス戦でさ、なかなか止《や》め時がわからなかったんだよ」

そんなやり取りをしながら、二人は私に一礼をしたあと、気にも留めず歩み去ろうとしていた。……私を無視した？　いえ、知らないような素振《そぶ》りだった。

「イッセー！」

いつものように私は彼の名を呼んだ。彼らは振り返り、私に視線を送ってくる。

私は近寄り、彼らの格好に眉根《まゆね》を寄せた。

「その格好……どうしたの？　アーシアまで同じ格好で……仕事の依頼主《いらいぬし》の願いかしら？」

そう、二人とも駒王学園の制服ではなく、隣町にある高校の指定の制服を身に着けていたのだ。

私の言葉を聞いて、二人は怪訝《けげん》そうにしていた。

「…………？」

「？」

……私のことがまるでわからない様子だった。

イッセーは頬をかきながら困った様相で言う。

「あ、あの、どなたですか？　えーと、いきなり、赤い髪《かみ》の美人さんに話しかけられて俺も驚いているんですけど……」

──っ。……私は言葉を失った。私がわからない？　演技でもなさそうだ。本当にこのイッセーは私に見覚えがない様子だった。

アーシアがイッセーに言う。

「……イッセーくん、このヒトとどこかで会ったことがあるんだと思う。思いだしてあげて。嘘《うそ》を言っているように思えないよ」

「何を言っているの、アーシア。私はあなたにも――」

と、彼女に言ってみるものの、彼女の反応も、

「…………?」

覚えのないようなものだった。口調も私が知っているアーシアとはだいぶ違う。

イッセーは腕《うで》を組み、首をひねりながら考え込む。

「うーんうーん。こんな美人さんと知り合ったら絶対忘れないと思うんだけどなぁ……」

……その反応は私の知っているイッセーそのものだ。口調も同じ。でも、どこか違う。そう、異能を有する者の独特なオーラがまるで感じられない。悪魔《あくま》としての波動も、ドラゴンを身に宿す者の波長も、彼からは一切《いっさい》感じられないのだ。

疑念がますます私のなかで強まった。

そこへ彼らに話しかける者が新たに駆《か》け寄ってくる。

「あー！ イッセーくんったら！ 幼なじみの私を置いてアーシアさんと朝から登校なんてひっどーい！」

イリナさんだった。このイッセーたちと同じ制服を身に着けた紫藤《しどう》イリナさんだ。隣の家からの登場だった。

イリナさんが現れ、イッセーがうんざりした表情となる。

「朝からうるさい奴《やつ》に捕《つか》まっちまった！」

「何よ何よ！　アーシアさんと恋人《こいびと》同士になったからって、幼なじみの私を置いていくなんてひっどーい！　ひっどーい！」

不満を口に出しているイリナさん。……恋人同士？　イッセーと……アーシアが？

彼らは私の存在をおいて、会話を続けていく。

「いいだろう！　やっとアーシアと付き合うことになったんだからよ！　朝から一緒《いっしょ》に登校ぐらいしてもいいだろう！　って、一緒に登校なんていつものことだけどよ！」

「ぶーぶー！　っと、こちらの赤い髪のお姉さんは？　すっごい美人！　もしかして、イッセーくんの浮気《うわき》相手とか！」

私に視線を移すイリナさん。その顔は私のことなど一切知らないものだった。

イリナさんにそう言われて、焦《あせ》り出すイッセー。

「な、何言ってんだよ！　そういうこと言うな！　アーシアは純粋《じゅんすい》だから、信じて――」

「……浮気、なの？」

アーシアは目元を潤《うる》ませていた。イッセーは慌《あわ》てて続ける。

「なわけないだろう！　お、俺は中学の頃《ころ》にアーシアと出会ってからずっと好きだったたってこの間告《こく》ったばかりだろう！」

それを聞いてイリナさんはいやらしい顔つきになり、アーシアは赤面していた。

「わーお。ごちそうさま」

「……朝から、何を言ってんだ、俺は……っ！　おのれ、イリナ！」

イッセーも顔を赤く染め上げて恥辱《ちじょく》に耐《た》えられずにいるようだ。

もじもじしながらアーシアが言う。

「う、うん。私も中学の頃からイッセーくんのこと、好きだったよ」

「あ、ありがとう」

「やーもー！　朝から熱々！　これは桐生《きりゅう》さんにも報告ね！」

イリナさんが二人の仲をからかう。桐生さんって、確かアーシアたちの友人よね。そう、桐生さんもいるのね。

私が三人のやり取りを静観していると、イッセーが手を合わせてこちらに謝ってきた。

「あ、えっと……やっぱり思い出せないので、人違いなのだと思います。すみません、俺たちこれから学校なんで、それじゃ」

イッセーがアーシアの手を引いてかけ出す。それにイリナさんがついていく。

イリナさんがもう一度いやらしい顔つきでイッセーに問いただす。

「……ほんとにほんとに浮気じゃないのぉ？」

「しつこいぞ、イリナ！」

「ちなみに私は諦《あきら》めてませんのでアーシアさん。奪《うば》っちゃうかも？」

「はうっ！……まだ油断できないなんて！　でも、負けない！」

「おいおい、なんの話を――」

……三人はそのようなやり取りをしながら、私のもとを去っていった。

……彼らの反応、連絡《れんらく》の取れない仲間たち、そして存在しない駒王学園。

「……ここは私の知っている場所じゃない……？」

そう口にしたときだった。

『さすがリアス・グレモリー。思った以上に動揺《どうよう》が少ないようだ』

「――っ」

突如《とつじょ》、私の頭の中に謎《なぞ》の男の声が届く。男は続ける。

『この世界の兵藤一誠たちは貴女《あなた》のことなど、一切知り得ていないのだ』

「……どういうこと？」

『この世界は三大勢力——つまり、神と天使、堕天使《だてんし》、そして悪魔が存在しない世界だ』

——悪魔が存在しない世界。

衝撃を受ける私に男は自己紹介《しょうかい》をし出す。

『はじめまして、リアス・グレモリー。私は英雄《えいゆう》派に属していた者。いまは残党だ』

……英雄派の残党。『禍の団《カオス・ブリゲード》』の英雄派は首魁《しゅかい》の曹操《そうそう》と中心メンバーが倒《たお》れたことにより、機能停止状態だ。いまだ残党が各地で小規模に暴れるケースがあるのだが……。

「……これは、あなたの仕業《しわざ》ってことかしら？」

私の問いに男は愉快《ゆかい》そうな笑いを発する。

『我が神器《セイクリッド・ギア》「幻映影写《ドリームライク・カース》」、その禁手《バランス・ブレイカー》たる「永久に包まれた幻想郷《パラセレネ・ユートピア》」の能力——。貴女を並行世界に飛ばしたのだ』

神器《セイクリッド・ギア》の禁手《バランス・ブレイカー》——。

私を……並行世界に飛ばした？　そのように強力な能力を持つ神器《セイクリッド・ギア》があるなんて……。いえ、世界の均衡《きんこう》を崩《くず》しかねないと言われるのが禁手《バランス・ブレイカー》だ。しかもそれが亜種《あしゅ》だとするのなら、能力も異質となり、話もまた別となるであろう。

何せ、神器《セイクリッド・ギア》は所有者の想《おも》いの力を糧《かて》に如何様《いかよう》な変化、進化も遂《と》げるのだから。

男は嬉々《きき》として語る。

『私単独では、貴女たちグレモリー眷属《けんぞく》全員を相手にすることは叶《かな》わない。しかし、一人だけならば、私の能力で並行世界に飛ばすことができる。と、するのなら、貴女たちのなかで誰《だれ》を並行世界に飛ばせば有効で、絶望を与《あた》えることができるか』

……「はぐれ悪魔」討伐《とうばつ》後の折、私だけが転移の魔《ま》方陣《ほうじん》を使った。そこを狙《ねら》われた形だろう。どうやら、あの現場近くにこの男が身を潜《ひそ》ませて好機をうかがっていたようだ。

いいえ、「はぐれ悪魔」自体、この男が差し向けたものだったのだろう。してやられたようだ。……小猫や朱乃の察知能力でも感知できないとは、気配を完全に絶つよほどの使い手か、こちらの索敵範囲《さくてきはんい》を完璧《かんぺき》に認識《にんしき》しているかのどちらかだろう。禁手《バランス・ブレイカー》に至っている時点でよほどの使い手に違いはないわね。

男は続けて断言する。

『有効な相手。——答えは、かのチームの主柱たる貴女だろう』

「イッセーではないのね」

『それも考えたのだが、あの男は存在じたいが異常だ。サマエルの毒でも殺せず、次元の狭間《はざま》からも自力で帰還《きかん》を果たしたと耳にした。そのように存在じたいがデタラメの者にこの能力を使ったところで、また自力で帰還してしまうかもしれない。何せ、兵藤一誠は旧魔王派の首魁シャルバ・ベルゼブブと、我ら英雄派の首魁曹操を打ち倒した男だ。私は最大限に畏敬《いけい》の念を抱《いだ》いているのだよ』

悔《くや》しいが、それは正しい。彼ならどのような状況《じょうきょう》でも挫《くじ》けずに打破するだろう。

「そうね、彼は奇跡《きせき》を何度も起こすものね。あなたたちにしてみれば、これほど恐《おそ》ろしい存在はないと言えるわ」

『だからこそ、貴女なのだ。グレモリーのなかで兵藤一誠と同等に重要なのはリアス・グレモリー、貴女だ。貴女をこの世界に送り込めば、あちらの世界のグレモリー眷属は乱れに乱れるだろう』

「なぜ、このようなことを？　まあ、知れていることよね。私たちはあなたたちにとってみれば仇敵《きゅうてき》もいいところだもの」

『そうだ。私は貴女とグレモリー眷属に絶望を与えるために生きている。仲間の復讐《ふくしゅう》――それもあるのだが、どちらかというと我らの野望を私だけでも少しでも進めようと思っているのだよ』

曹操の下《もと》に集《つど》った英雄派の構成員――つまり、神器《セイクリッド・ギア》所有者は、身に宿した異能によって迫害《はくがい》、追放された者も多い。曹操はそのような者たちに力のあり方、使い方を教えたのだ。そして、夢、野望すらも抱かせた。

――神器《セイクリッド・ギア》の能力で、超常《ちょうじょう》の存在に挑《いど》む。

それは蔑《さげす》まされ、疎《うと》まれた異能者にとって、甘美《かんび》で何よりも気持ちよく聞こえただろう。

特別な力を持ち、人を超《こ》えた存在になれるというのは、人間にとって妖艶《ようえん》な響《ひび》きなのだ。

……悪魔だって、他者よりも特別な何かになれるとしたら、人間と同様に魅了《みりよう》されてしまうだろう。

この男もまた曹操の言葉によって野望を抱き、付き従った者の一人――。

彼らの夢、野望はいまだ根強く、この者たちのなかで渦巻《うずま》いているのだろう。

曹操という男、英雄派という組織――彼らが神器《セイクリッド・ギア》所有者に芽吹《めぶ》かせたものは根深い。

男はせせら笑うと、一言私に残していく。

『この世界で、悪魔は貴女のみ。しばし、ごゆるりと堪能《たんのう》してもらおうか』

「――っ！　待ちなさい！　まだ訊《き》きたいことが――」

それ以降、男の声は聞こえなくなってしまった。

……知っているようで、知らない世界。

悪魔や天使のいない世界。けど、知っている者もいる世界。

私は少しの間、この世界を彷徨《さまよ》うことになる――。


―○●○―

二日ほど経《た》った夕暮れ。

私はあれから二日この町で過ごしたが、至って平和だった。何も起こらない平穏《へいおん》な二日間。当然よね。この世界に三大勢力がないのであれば、『禍の団《カオス・ブリゲード》』も存在しない。テロに瀕《ひん》することなどないのだ。

けれど、やっぱり、ダメね。仲間やあのヒトのいない世界は……酷《ひど》く寂《さび》しく、潤《うるお》いが感じられない乾《かわ》いた日々だった。

この世界に飛ばされて、いくつか調べてわかったことは、天使や私たち悪魔が登場する『聖書の神』の神話体系は伝説、宗教としてあるもののそれに関与《かんよ》する異形《いぎょう》は一切《いっさい》存在しないということだ。だが、北欧《ほくおう》神話、仏教などの他勢力の超常的存在はいることがわかった。

つまり、この世界に異能、異形がないわけではない。けれど、魔力がうまく練れないのはどういうことだろうか……。悪魔と冥界《めいかい》がいないための影響《えいきょう》？　転移も小規模なものならばできるのだが……。

だが、『聖書の神』が存在しない以上、神器《セイクリッド・ギア》もないのだろう。二天龍《にてんりゅう》に関しても他勢力が封《ふう》じているようで、私のいた世界とは細かいところで差違《さい》がある。

二天龍が神器《セイクリッド・ギア》に封じられていない。それはこの世界のイッセーが『赤龍帝の籠手《ブーステッド・ギア》』

を宿していないことを意味した。

……この世界で彼は異能と無縁《むえん》の生活を送っている。それはアーシアやイリナさんも同じだろう。

元の世界でよく休日に訪《おとず》れていた街のカフェ。私はそこで今後のことを思慮《しりょ》していた。

……とにかく、元の世界に戻《もど》らねば。この世界に存在する異能、異形に触《ふ》れればそれに近づけるはずだ。悪魔の魔力を解析《かいせき》して生み出された魔法形式もこの世界にないものの、幸いなことに北欧や他勢力に伝わる他の魔法形式はあるようだった。

必ず戻ってみせる。愛《いと》しき者たちがいる、私の世界に――。

気持ちを新たにしているなか、若い男女の会話が聞こえてきた。

それは聞き覚えのある声だ。そちらに視線を送れば――この世界のイッセー、アーシア、イリナさんだった。……偶然《ぐうぜん》にしては奇妙《きみよう》な縁を感じ取ってしまう。

――っ。私はもう一人の人物を見て、驚《おどろ》きを覚える。

ゼノヴィアがいたからだ――。イッセーがゼノヴィアに言う。

「へぇ、じゃあ、ゼノヴィアさんはイタリアで日本語を専攻《せんこう》していたのか」

「うん。私は日本の剣道《けんどう》――サムライに子供の頃《ころ》から魅了されていたからね。ずっと独学で日本のことを学んでいたんだ。アーシア・アルジェントはなぜ日本に？」

「私、孤児《こじ》だったんだけど、養子として日本人のお父さんお母さんに引き取られて、こちらに来たの」

「なるほど、だから日本語がこんなに流暢《りゅうちょう》なわけだね」

合点がいってうなずくゼノヴィア。

……この世界にゼノヴィアも存在するのね。『聖書の神』、教会とは無縁の人生を送っているようだった。

そして、アーシア。彼女は私のいた世界よりも人らしい良い生き方を得られたようだ。

そこにとてもホッとしてしまう。

良かったわ。この世界のアーシアは人間として生きていられるのね。

イリナさんがゼノヴィアを褒《ほ》める。

「ゼノヴィアさんも日本語相当うまいわよ」

「ありがとう、紫藤イリナ」

「もう、イリナでいいわよ」

カラカラと笑ってイリナさんはそう告げた。その笑《え》みは元の世界のイリナさんとまったく同じものだ。

「では、私もゼノヴィアでいい」

応じるゼノヴィアの笑《え》みもあの世界と同じもの。

……悪魔がいないということは、この世界の私は元から存在しない。同様に純血の悪魔であるソーナ、レイヴェル、ライザー、サイラオーグもいないだろう。

小猫や祐斗《ゆうと》は……。妖怪《ようかい》はいるようだし、教会の実験に晒《さら》されることもないでしょうから、この世界のどこかに二人はいると思う。ただ、このイッセーたちと巡《めぐ》り会っていないだけだ。

朱乃は……。天使がいない以上、堕天使も存在しないことになり、彼女の母親もバラキエルに出会っていないだろう。つまり、朱乃もこの世界にはいない。

ロスヴァイセはいそうね。案外、オーディンの付き人をしているのかもしれない。

ギャスパーは……。吸血鬼《きゅうけつき》がこの世界にもいる以上、存在はしているはず。

私は頭を振《ふ》って、その場から立ち去った。この世界のイッセーたちにバレぬように。

——元の世界に戻ろう。

あれやこれや余計なことを考えても現状が打開できるわけでもない。

帰るための手段を模索《もさく》する。きっと、元の世界のイッセーたちも私の異変に気づき、行動を起こしているはずだ。

決意を新たにしているなか、あの男の声が二日ぶりに頭のなかに聞こえてくる。

『自分が存在しないのに、なぜ兵藤一誠とアーシア・アルジェントたちが出会っているのか？　それが不思議なのではないかな？』

いやらしい声音《こわね》でそう言ってきた。

『あの四人は世界は違《ちが》えど、必然的に出会う運命だったようだ。特に兵藤一誠とアーシア・アルジェントは強い縁で結ばれている。悪魔のいない世界でも、異能を有しておらずとも、こうして何事もなく出会い、手を取り合う定めだった』

……イッセーとアーシアはこの世界でも普通《ふつう》に出会ったのね。

この男は私の嫉妬《しっと》心を煽《あお》ろうとしているのだろうが、私が感じていたのはまったくの逆だ。私は二人の深い縁に感動すら覚えていた。

それなら、この世界のアーシアは幸せになれる。それがわかっただけでも十分に素晴《すば》らしいことだと思えてならない。

男の嘲笑《ちょうしょう》は続く。

『だが、貴女《あなた》は——世界線によっては巡り会うことすらできない定め』

私は特にショックも受けずに口の端《はし》を笑ませた。

「そう。残念だけれど、あのイッセーは私が愛しているイッセーとは違うわ」

イッセーに変わりはない。でも、違う。決定的に違うのだ。

私のイッセーは、あの言葉を誓《ちか》ってくれた男性なのだから。

「この世界のイッセーとアーシアは深く結ばれていいと思う。いいえ、そうであるべき。——けど、元の世界のイッセーは私の最愛のヒト」

何があっても私と共に突《つ》き進むと決めた彼こそが私の知っているイッセー——。

「私は必ずあの世界に戻ってみせる。あのヒトのいるところが、あのヒトの存在する世界こそが、私の生きる場所だもの。それは永遠に変わらない」

『戻れるのに何千、何万年もかかるかもしれなくても、貴女はそれをなし得られるのか？一年にも満たない付き合いしかない男にそこまで賭《か》けられるとでも？』

「——ええ、何千、何万年かかっても私は必ずあそこに戻るわ。私とイッセーが共に過ごした時間は一年に満たないものだとしても、私は永遠を賭けられる。彼のことが大好きだもの。私はあの世界でそれだけの恋《こい》をしたわ！」

私の宣言を受けて、男は語気を少しだけ不機嫌《ふきげん》なものにさせていた。

思い通りに心を動揺《どうよう》させられない姿に苛立《いらだ》ちを覚えたのだろう。

この男の思い通りになってやるものか。

『……なんとも健気《けなげ》なお嬢《じょう》さまだ。永遠に等しい時間を生きる悪魔——しかも純血の姫君《ひめぎみ》が、たかが半年ほどの付き合いしかない男のために生涯《しょうがい》を賭けるとは……』

当然よ。私が初めて愛した男性。あのヒトの隣《となり》が私のいるべき場所だもの。

あそこに戻れるためなら、生涯を賭けてみせるわ。

男は口調を戻して、こう述べた。

『──では、これはどうだろうか』

刹那《せつな》、私の周囲の風景が歪《ゆが》みだし、変貌《へんぼう》を遂《と》げていく。

「──ッ！」

驚愕《きょうがく》する私の眼前に広がったのは──すべてが荒廃《こうはい》した景色だった。

……建物が崩《くず》れ、公共物が壊《こわ》れ、人気《ひとけ》がまるで感じられない場景。アスファルトの道も幾重《いくえ》にも裂《さ》けて隆起《りゅうき》、あるいは崩落《ほうらく》しており、草も花も枯《か》れ果てていた。

空も薄暗《うすぐら》く、太陽の光すら地上に届いていない。何もかもが崩壊《ほうかい》しきった場所に私は立っていた。……また、世界を移動させられた？

再び起こった現象を不審《ふしん》に感じていると、あの男の声が今度は空からダイレクトに聞こえてきた。

『ここは文明すべてが争いによって滅《ほろ》んだ世界線。誰《だれ》もいない。何もない。神話の勢力すら無くなった、全部が崩壊しきった絶望しかない世界。ここに送られた貴女は何ができる？　もはや、元の世界への手がかりすらも消えてなくなっているだろう。それでも貴女は元の世界に戻れると言い張れるか？　愛しの男のもとに帰るだけの覚悟《かくご》が持てると？』

……つまり、他勢力の神話体系も、魔法すらも存在しない、何もない世界に飛ばされたということか……。

私は唇《くちびる》を噛《か》み、それでも不敵な笑みを絶やさずに言った。

「……ゼロでないなら、私は諦《あきら》めない。必ず戻るわ」

──そう、戻ってみせる。けど──。

「私はリアス・グレモリー。上級悪魔グレモリー家の次期当主。朱乃、小猫、祐斗、アーシア、ギャスパー、ゼノヴィア、ロスヴァイセ、そしてイッセーの主《あるじ》よ。駒王学園オカルト研究部の部長だから、イリナさんやレイヴェルの責任者でもあるわね」

──怖《こわ》い。

元の世界に戻れないのではないか？　そんな思いが強まってしまった。

これは罰《ばつ》だろうか？　イッセーやアーシアに酷いことを言ってしまった私への──。

でも、私はこの男に弱った姿を見せたくはない。

だから、不安な心を押し込めて、強気な言葉を吐《は》き続ける。上《うわ》っ面《つら》だけでいい。弱さを見せたくない。

少しでもこの態度が崩れれば、一気に心身が壊れてしまいそうで──。

「あそこに戻ってみせる。それに皆《みんな》も今頃《いまごろ》私を戻すために動いてくれているわ」

『仲間が私の能力を打破すると信じているというのか』

信じている。仲間を。

……けれど、彼らの力がここにまで及《およ》ばなかったとしたら……？

異能も何もない世界にまで、彼らの力は及ぶのだろうか？

その思いは次第《しだい》に私のなかで少しだけ強まり、彼らへの信頼《しんらい》に微細《びさい》な陰《かげ》りをもたらそうとする。

疑うなっ！　信じるの！　自分を！　仲間を！……あのヒトを……っ！

「ええ、そうよ。どんな修羅場《しゅらば》でも、死線でも、共に乗り越《こ》えてきた自慢《じまん》の子たちよ。あなたの術程度じゃ、負けないわ。絶対にあなたを吹《ふ》き飛ばしてあげるっ！」

――イッセーっ！　皆！　私はここにいるわっ！

皆のもとに戻るっ！　何としてもこの男を倒《たお》してみせるわっ！

想《おも》いを奮い立たせているなか、この風景に異変が生じる。

また空間が歪みだしたのだ。

……三度目の転移？　今度はどこに誘《いざな》おうとするのか。

不安と共に絶望も感じつつあった私だったが、男の声音にも変化が生まれていた。

『――ッ！』

驚くような、言葉にならないものを男は漏《も》らしていた。

そして、突如驚愕《とつじょきょうがく》の声を吐き出した。

『な、なんだ、これは……ッ！　バカなッ！　侵入《しんにゅう》できるというのか⁉　我が術を突破《とっぱ》しようというのか⁉　こ、この力は――ッ！』

何かが男を襲《おそ》っている？

訝《いぶか》しげに思う私の周囲の風景に――ヒビのようなものが走り出す。

空間にヒビ割れ？　こ、これはいったいどういう――。

空中の一角。灰色に広がる空のなか、ガラスが割れるときの儚《はかな》い音のようなものを立てて、空間に穴が穿《うが》たれた。

そこから懐《なつ》かしいオーラの波動が流れ込んでくる。

「――リアスッッ‼」

叫《さけ》びを発しながらこの世界に飛び込んできたのは――っ。

私はあのときの言葉を頭のなかで思い返していた。

ライザーを打ち倒し、私を初めて救い出してくれた彼の言葉を――。

――何度でも何度でも部長を助けに行きますよ。

……うん、わかってる。

――俺にはそれぐらいしか出来ません。

……そんなことないわ。あなたはいろんなことを私に教えてくれた。

――でも必ずあなたを助けに行きます。

ええ、そうよね。いつだって、あなたはそうだった――。

――俺はリアス・グレモリーの『兵士《ポーン》』ですから。

「リアスッ！　助けに来ましたッ！」

空に生まれた穴から現れたのは赤い鎧《よろい》を着たあのヒト――。

「イッセーッ！」

私の声を聞いて、彼がこちらに顔を向けた。龍《りゅう》の両翼《りょうよく》を羽ばたかせて彼は降り立ってくる。私は手を広げて彼を迎《むか》え入れた。

抱《だ》きしめられても鎧越《ご》しに伝わってくるイッセーの温《ぬく》もり。

ああ、このヒトだわ。私が愛した彼の懐かしい温かさ――。

「良かった！　無事だったんですね！　リアス、迎えに来ましたよ」

「イッセー……なのね？」

確認《かくにん》するように私は問う。彼は鎧のマスクを収納させて、いつもの笑みを見せてくれていた。

「ええ、そうですよ。……どうかしたんですか？」

彼の頬《ほお》に手を伸《の》ばして、もう一度訊《き》いた。もうわかってる。このヒトがイッセーだって。私の知っているイッセーだって。でも、お願いもう一度だけ、私の確認に答えて――。

「……私の愛したイッセー。私を愛してくれているイッセーよね……？」

彼は私の目を覗《のぞ》きこみ、頷《うなず》いてくれた。

「何を言ってんですか！　大好きに決まってるでしょう！　俺はあなたの『兵士《ポーン》』で、あなたは俺が告《こく》った相手！　リアス・グレモリー、そのヒトなんですから！」

――ああ、会えた。

私の頬に一筋だけ涙《なみだ》が伝った。

「……リアス？」

怪訝《けげん》に問う彼に私は笑《え》みを見せる。

「必ずもう一度会えるって信じてた……」

「……泣いてたんですね。大丈夫《だいじょうぶ》、俺はここにいますから」

ええ、あなたは来てくれた。もう大丈夫。私はいつも以上に戦える！

彼の登場に気構えを改めていると、私たちの眼前の空間が小規模に歪みだした。

歪みから人の形が出現していく。酷《ひど》くうろたえる術者らしき男が姿を現した。

「……バカなっ！　私の術が……神器《セイクリッド・ギア》能力が……突破されただと⁉」

スーツを着た若い男性がイッセーの登場に心底仰天《ぎょうてん》していた。

イッセーが男に指を突きつける。

「よー、英雄《えいゆう》派の残党さん。あんたの能力はすでに知れているよ。対象者を自分の作り出した結界空間に送り込み、そこで多様な幻術《げんじゅつ》を見せて相手の精神を潰《つぶ》すんだってな。直接的な攻撃力《こうげき》はなくとも、その特性はやりようによっては驚異的《きょうい》だってアザゼル先生が言っていたぜ？」

「…………ッッ！」

イッセーの言葉に男も歯嚙《はが》みしていた。

どうやら、男の能力はすでにアザゼルにより解析《かいせき》され、対抗策《たいこうさく》を講じられてしまったようだった。

幻術──。そういうことだったのね。この空間は男が作り出した箱庭。そこに並行世界の幻《まぼろし》を映して、さも違《ちが》う世界に転移させたかのように見せていた。

……だとすると、情けない話だわ。私はこの結界空間に飛ばされて、幻の世界を見せられた上に二日も彷徨《さまよ》ったというのだから。

男は構え、能力を発動させようとする。

「ならば、二人同時に絶望的な幻を見せてくれよう！」

「そうはさせないわ！　同じことを何度もやらせるものですか！……と言ったところで、魔力《まりょく》をうまく練れなくなっているのよね」

滅びの魔力が手にうまくまとまらない私にイッセーが言う。

「この空間のなかでは、一定以上の異能は使えません。そういう能力だと先生がある程度の予想を立ててましたから」

だから、この空間にいる間、私は攻撃魔力と中規模以上の転移魔方陣《まほうじん》を練れなかったのか。本当に厄介《やっかい》な神器《セイクリッド・ギア》能力だわ。一度ここに足を踏《ふ》み入れてしまったら、あの男の思うがままということだ。

しかし、イッセーは笑みを絶やさなかった。

「でも、外からの攻撃は別です。案外、外部からの攻撃には脆《もろ》いようでして。だから俺も突入できたんですけどね。——外には皆が構えてますから」

そう言うイッセーが空間に穿たれた穴に視線を向ける。

そこから、朱乃、ロスヴァイセのオーラが感じ取れた。外からの狙《ねら》い撃《う》ち！

「なっ……！　クソッ！」

それに気づいた男が穴のほうに手を構えるが――。

間もなく、絶大な魔力の雷光《らいこう》と、各種属性魔法による攻撃が、男に雨のように降り注いだ――。


男が作り出した幻が解かれると、そこはC県の廃村《はいそん》にある廃校のグラウンドだった。廃村丸ごと結界空間で覆《おお》い、あの幻術の世界を生み出したようだ。

人がこの廃村に寄りつかぬよう術までかけられていたようで、かなり用意周到《よういしゅうとう》に準備を整えてから私をここに誘《さそ》ったことがうかがえる。

あの「はぐれ悪魔」討伐《とうばつ》の場所からここまで飛ばしてきたのだ。隙《すき》を突《つ》かれたとはいえ、相当な使い手だった証拠《しょうこ》だと言える。

しかも中で体験した二日間は、表では数時間程度しか経過していなかったようだ。時間の感覚すらも麻痺《まひ》させられていた。体験したことすべてが幻だったということね。

侮《あなど》れない能力だわ。数時間が数日分――。中からの脱出《だっしゅつ》も難しい。やりようによっては、イッセーが先ほど言ったように容易に相手の精神を壊《こわ》すことができるだろう。

……事実、私も心を潰されそうになっていた。あのときに精神が崩《くず》れなくとも、いずれやられていただろう。

結界のなかでしか効果を発揮できない限定条件の上に直接的な攻撃力もないけれど、恐《おそ》ろしい能力ね。やはり、神器《セイクリッド・ギア》の力は怖《こわ》いわ。

「お姉さま！」

私の胸に飛び込んでくるアーシア。その顔は涙でくしゃくしゃになっていた。私を心配して、目を腫《は》らしてしまったようだ。

「アーシア、ただいま。心配かけたようね」

「はい……おかえりなさい」

私の知っているかわいいアーシア。私は抱き寄せて頭をなでてあげた。私はイッセーの進言に唱えた否《いな》を詫《わ》びた。

「……あのときはごめんなさい、アーシア。あなたに酷いことを言ったわ」

「いいえ。私、お姉さまのお気持ちを理解できますから……。お姉さまこそ、たくさん辛《つら》くて不安な思いを抱《いだ》いてましたよね……。気づかずにすみませんでした」

……本当にやさしい子。私は……なんて愚《おろ》かな『姉』だったのだろうか。

「皆《みんな》にも謝りたいの。ごめんなさい」

私は皆に謝る。皆笑顔で「問題ないです！」と快く返してくれた。

本当にありがとう。私は素晴《すば》らしい仲間たちに支えられている。

グラウンドで朱乃の魔力によって縛《しば》られた英雄派の男。祐斗が男に言う。

「先生があなたに訊きたいことがあるそうです。生きて連れてこいという命令なのでこのまま冥界《めいかい》に送らせていただきます」

ゼノヴィアが男に凄《すご》む。

「良かったな、私たちに斬《き》られずに済んで」

ニッコリ微笑《ほほえ》む祐斗とは対照的にゼノヴィアのオーラは微塵《みじん》も冗談《じょうだん》の色を含《ふく》んでいなかった。男はこの状況《じょうきょう》でも自嘲《じちょう》する。

「曹操やジークフリートに勝った者たちに私が勝てる道理など、ハナからなかったというわけか……ふふふ……。私は構成員のなかでも攻撃面が弱かったからな……」

私は首を横に振《ふ》った。

「いえ、あなたの力はイッセーが言うように脅威だったわ。私も……正直、あの世界を見せられて畏怖《いふ》した」

そう、この男は英雄派の中心メンバーにも劣《おと》らぬ能力を私に見せてくれた。

「アザゼル先生も単独で成し遂《と》げたあんたに驚嘆《きようたん》してた。俺たちもやられたと感じたよ」

私とイッセーからの賛辞を受けて男は笑みを見せる。

「……そうか、それは何より。……一矢《いっし》は報《むく》いたわけだ」

途端《とたん》に男から覇気《はき》のようなものが消え失《う》せる。

……私たち相手に成果を見せたことで、彼のなかの戦いが終わったのかもしれない。

私は気になりいくつか訊くことにした。

「ふたつだけ、訊かせて。あの世界は……あなたが作り出しただの幻？　それとも本当に違う世界の風景を再現したの？」

「……後者だとしたら、貴女《あなた》はどう答える？」

男の質問に私は不敵な笑みを作ってみせる。

「愚問《ぐもん》だったわ。──私はここにいて、イッセーもここにいる。それだけで十分だわ」

私の答えに男は苦笑《くしよう》した。

「……ふふふ、貴女を狙ったのは正解のようで間違いだったようだ。私が本当に並行世界に送る能力を持っていたとしても──きっと赤龍帝《せきりゆうてい》が貴女を救いに来たのだろう。我が術が破られたときに悟《さと》った。ああ、私ではこの男と貴女には勝てない──と、ね」

私はもう一点の質問を口にする。

「もうひとつ。あの幻術を曹操は見たの？」

並行世界の幻影《げんえい》――。悪魔や天使のいない世界や異形と異能のない荒廃《こうはい》した世界の光景も見たとしたら、あの男は――曹操はどう感じたのか？　それが私は気になったのだ。

男は視線を遠くさせる。

「……ああ、見たよ。感想は『つまらない』と一言だけだ。……あの人は異形のいない平《へい》穏《おん》な世界よりも自分の力を試《ため》せる世界――相手を望んだということだろう。――誰《だれ》よりも特別になりたかったのだ。人間なら誰でも抱《いだ》く変哲《へんてつ》もない夢だ」

男はそれだけ残して、冥界への転送に身を委《ゆだ》ねた――。

これは後日知り得たことだが、その男は私たちに一矢報いたことに満足しきったのか、冥界に送られたときにはすでに禁手《バランス・ブレイカー》の能力を失っていたということだった――。


すべてが終わり、廃校のグラウンドに残されたのは私とイッセーだけとなった。

……皆、気を利《き》かせたのか、私を家まで送るのをイッセーに任せたようだった。

もう、こういうときだけ、結託《けったく》して遠慮《えんりょ》するのだもの。調子が狂《くる》ってしまうわ。

二人きりになって少々気恥《きは》ずかしくなっている彼が言う。

「俺、皆に注意されました。……もっとリアスのことを大事にしろって」

……皆。私があのとき怒《おこ》った理由に気づいてしまったのだろう。女の子同士だから、そういうのに勘《かん》づいてしまうのよね。私は首を横に振った。

「ううん。私が悪かったのよ。本当、わがままよね、私……。イッセー、アーシアの件、改めて了承《りょうしょう》するわ。皆で引っ越《こ》しを手伝いましょう」

「はい！　ありがとうございます！」

いつもの満面の笑《え》みを見せる彼は、私に手を差し伸《の》べる。

「じゃあ、帰りましょうか」

「ええ」

私は彼の手を握《にぎ》りながら、転移の魔方陣を展開し始めた。

転移の光が私とイッセーを包み込むなか、私はひとつだけ訊《き》いてみる。

「ねぇ、イッセー。もし、私が本当に他《ほか》の世界に飛ばされたら――」

彼はいつもと変わらぬ笑みで言ってくれた。

「絶対に迎《むか》えに行きますよ。一生賭《か》けてでも、俺はあなたを救い出します」

――っ。わかってる。あなたは絶対に私を助けてくれるものね。

だって、イッセーは私の誰よりも大事な――。

「うん、大好きよ、愛《いと》しのイッセー」

「俺だって大好きですよ、リアス」

魔方陣の中心で、転移の光に包まれながら私は彼と唇《くちびる》を重ねた――。

――そう、私とイッセーはずっと、ずっと一緒《いっしょ》なのだから。

ただ、計算違いだったのは、なぜか、転移の先が私の実家であるグレモリー城だった点だ。

……キスをして高揚《こうよう》した状態で飛んだのがいけなかったのだろう。

キスしたまま出現した私とイッセーを見たお母さまが、

「突然《とつぜん》現れて、親にそれを見せつけるとは……。破廉恥《はれんち》です。リアス、一誠さん。こちらに来なさい」

お説教に入ってしまい、兵藤家に戻《もど》ったのは昼頃だった。

今度から、魔方陣の転移には細心の注意を払《はら》いたいと思う。

フルメタル・パニック! アナザー

ワールド・ビークル・チャレンジャー

原案・監修：賀東招二　著：大黒尚人
イラスト：四季童子

STORY

1000万人以上の読者に愛されてきたライトノベル「フルメタル・パニック！」の10数年後の世界を描く作品。もちろん、「フルメタ」って何？、という人からでも読み始めて全く問題ないストーリーになっている。

著者コメント／どうも、大黒尚人です。『仮想敵役専門の民間軍事会社』という一風変わった主人公たちによる、変わりばえのしない日常業務の一コマ。ぜひご一読ください。

チャララ〜ン♪　チャララ〜ン♪　チャララ〜ン♪

『やあみんな、今週も「ワールド・ビークル・チャレンジャー」の時間が来たよ。待たせたね』

『HEY、ジョーイ！　今週は一体、どんな素敵《すてき》なマシンを私たちに見せてくれるのかしら？』

『ジェニファー、今日のマシンはいつもとは一味違《ちが》うんだ。なんせ、現役《げんえき》の軍用兵器だからね』

『OH、それはCOOLね。一体何かしら？　戦車？　戦闘機《せんとうき》？　それとも潜水艦《せんすいかん》？』

『AS《アーム・スレイブ》だよ。君も名前くらいは聞いたことがあるだろう？』

『ああ、あのロボットね。スティーブン・セガールの映画で観《み》たことがあるわ』

『そう、ASは現代陸戦の花形だけど、本当の実力については意外なほどに知られていないんだ。今日の放送では、他《ほか》の様々なビークルとの比較《ひかく》を通じて、ASの真実に迫《せま》ってみようと思う』

『素敵ね。私、胸がドキドキしてきたわ』

『名づけて――AS三本勝負《three-bout contest》だ!!』

『YEAH!!』

チャララ〜ン♪　チャララララララ〜ン♪　チャララ〜ン♪

1

ASの狭苦《せまくる》しいコクピットに、荒《あら》い呼吸音が響《ひび》いていた。

「く、くそ」

顔を引きつらせながら、市之瀬《いちのせ》達哉《たつや》はうめいた。脂汗《あぶらあせ》が頰《ほお》からあごにかけて流れ、したたり落ちる。

ひどく不快な感覚だ。全身をマスター・スーツによって半ば拘束《こうそく》されているため、汗をぬぐうことさえできない。

「なんで、こんなことに……」

意味のない繰《く》り言《ごと》だと、自分でも分かっている。だがそれでも、口にせずにはいられなかった。

今、達哉が乗っているのは、Zy—99M〈シャドウ〉。ロシア製の第三世代型ASで、達哉が初めて乗った機体でもある。

実戦で、あるいは演習で、様々な困難を共に乗り越《こ》えた相棒だが、今日の『敵』は極《きわ》めつけだった。

直線主体の角張った車体を、無限軌道《きどう》が支えている。ガスタービンの唸《うな》りを、〈シャドウ〉の高感度マイクが拾っていた。そしてこちらをにらみつける、長大な砲身《ほうしん》。

コクピットの正面モニターに映し出されていたのは、紛《まぎ》れもない戦車の、威圧《いあつ》的な姿だった。

「……帰りてえ」

ぼやきながらも達哉は、事の発端《ほったん》を思い出していた。


「TVの取材っすか？」

こぢんまりとした社長室で、達哉は軽く首を傾《かし》げた。

「そういうこと」

やや怪訝《けげん》そうな達哉の声に、社長のメリッサ・マオはにんまりと笑う。

ここは達哉がASオペレータとして身を置く民間軍事会社《PMC》、D.O.M.S.《ダーナ・オシー・ミリタリー・サービス》の総合訓練キャンプだ。カリフォルニア東部の山中に設けられており、窓からはシエラネバダの山々がのぞいている。

「ケーブルテレビのミリタリーチャンネルで、ASの特集を組むらしいのよ。それで、うちに取材先として白羽の矢が立ったってわけ」

そうマオは言うと、レイバンのサングラス越しに達哉たちを見回す。

「うちとしてもいい宣伝になるしね。どう、引き受けてくれない？」

「しかし、なぜわたしたちが？」

そう尋《たず》ねたのは、達哉の隣《となり》に立つ少女だった。

シャープな容貌《ようぼう》にすらりとした肢体《したい》、腰《こし》まである金髪《きんぱつ》のポニーテールが躍《おど》っている。達哉の同僚《どうりょう》である、アデリーナ・ケレンスカヤだ。

「そういう任務なら、バクスター班長やカルロスの方が向いていると思うが」

「決まってるでしょ。どうせ宣伝するんだから、少しでも見栄《みば》えを良くしときたいじゃない」

全く悪びれないまま、あっさりとマオはそう答えた。

「なるほど、客引きの看板のようなものか」

今まで黙《だま》っていたアラブ人の若者が、やや面白《おもしろ》そうにつぶやく。ユースフ・アル・ケートリー、アデリーナと同じく達哉の同僚である。

本来は中東の新興国であるラシッド王国の第三王子なのだが、今は国を離《はな》れてD．O．M．S．に籍《せき》を置いていた。

ちなみに社長室に呼ばれたのは、達哉、アデリーナ、ユースフの三人のみだった。

「そういうこと。うちのASオペレータじゃ、あんたたちが断トツに若いしね」

そう言いながら、マオは三人の顔を順繰《じゅんぐ》りにながめた。

「一人をのぞけば、美形揃《ぞろ》いだし」

「悪かったっすね、足を引っ張っちまって」

無遠慮《ぶえんりょ》なマオの言葉に、達哉は憮然《ぶぜん》と顔をしかめる。

「撮影《さつえい》日は？」

「来週よ。何でも最初の取材先がドタキャンしたみたいでね。それでお鉢《はち》が回ってきたってわけ。いつもと毛色が違う仕事だけど、やってくれるわよね？」

その言葉に達哉たちは目配せを交《か》わすと、軽くうなずいた。三人を代表し、アデリーナが答える。

「分かりました。その仕事、引き受けましょう」

「ありがと。ちゃんとギャラは弾《はず》むから。健闘《けんとう》を祈《いの》ってるわ」

「……取材なのに健闘？」

マオの思わせぶりな笑顔《えがお》に、達哉は小さく首を傾げた。

（今にして思えば、班長もカルロスも逃《に》げ出したんだな）

回想から現実に返り、達哉は〈シャドウ〉のコクピットで歯ぎしりした。

『じゃあジェニファー、まずはＡＳの力《パワー》を試《ため》してみようか』

『そうね、ジョーイ。でもあの〈シャドウ〉ってＡＳ、中々のハンサムだわ。私、今日は彼の応援《おうえん》をしちゃおう』

『そうかい。でも彼の相手は、中々の強敵だぞ。合衆国の誇《ほこ》る主力戦車《ＭＢＴ》、Ｍ１〈エイブラムス〉だ！』

通信機から、番組司会者の陽気な掛《か》け合いが聞こえる。

そもそも、キャンプから〈シャドウ〉を積んだヘリで向かった先が、海兵隊基地という時点で怪《あや》しむべきだった。

現地で合流した番組スタッフから告げられたのが、この『ＡＳ三本勝負』である。そしてその一戦目が、こともあろうに戦車との力比べだったのだ。

『第一海兵師団《1st Marine Division》の精鋭《せいえい》と、ＰＭＣのベテラン兵士。果たして、勝利の女神《めがみ》はどちらに微笑《ほほえ》むかな？』

『がんばってね、〈シャドウ〉』

「いつ俺がベテランになったんだよ!?　まだ初めてＡＳに乗ってから、半年も経《た》ってねえよ！」

『ぼやくな、タツヤ』

達哉のつっこみに割りこんで、アデリーナからの通信が入った。〈シャドウ〉の頭を巡《めぐ》らすと、拡大されたスクリーンの片隅《かたすみ》にアデリーナの姿が映った。

番組スタッフと一緒《いっしょ》に、妙《みょう》に平板な表情でこちらを見ている。

『ええっと……確かに戦車相手の正面戦闘では、ASの勝ち目は薄《うす》いかもしれん。だが、兵器の勝敗とは、単純な数値の比べ合いではないのだ。わたしは、お前の勝利を信じているぞ』

「………おい」

スタッフが用意したと思《おぼ》しきカンペを手に、アデリーナは淡々《たんたん》と語っている。そんな薄《はく》情《じょう》な同僚を、達哉はスクリーン越しに半眼でにらんだ。

ユースフも含《ふく》めた三人での壮絶《そうぜつ》なジャンケン勝負の結果、初戦の貧乏《びんぼう》くじは達哉に押しつけられたのだ。

『では、両者とも準備をしてくれ』

『がんばってね、ＢＯＹ』

「へいへい」

そう答えながら、達哉の〈シャドウ〉はM1と向き合った。そのまま腰を落とした体勢でじっと構える。

真っ向から戦車と向き合いながら、ふと達哉は父の俊之《としゆき》がテレビでよく見ている大相撲《おおずもう》の中継《ちゅうけい》を思い出した。

（これって、まるで立ち合いだな）

何となく関取になった気分で、達哉は行司——もとい、司会による勝負開始の合図を待つ。

『それでは、スタート!!』

「おおおッ!!」

号砲と共に、猛然《もうぜん》とM1が突《つ》っこんでくる。達哉も負けじと、叫《さけ》びながら〈シャドウ〉のペダルを踏《ふ》みこんだ。

M1の車高は三メートル足らず。ASと比べれば、ちょうど膝《ひざ》のあたりの高さだ。

達哉の〈シャドウ〉は、その低い車体に腰を落とした体勢のまま、上から覆《おお》い被《かぶ》さろうとする。相撲でいえば、引き落としをより極端《きょくたん》にしたような動きだ。

が——

（このまま上から押し潰《つぶ》す！——ってうぉぉぉっ!?）

M1戦車は、止まらなかった。

がっぷり四つに組んで〈シャドウ〉の全重量をかけているのにもかかわらず、M1は全く意に介《かい》さず前進を続ける。

深々と地面に轍《わだち》が描《えが》かれる。なすすべもなく後退する〈シャドウ〉の両脚が描いたものだ。

「こ、この！」

達哉も必死にペダルを踏みこんでこらえようとするものの、まるで効果がない。そのまま一気に寄り切られる。

そして、ついに決定的な破局が訪《おとず》れた。

M1の突進《とっしん》に耐《た》えかねて、〈シャドウ〉の両手が車体から弾《はじ》かれる。フックを失った機体はそのまま勢いよく後方に倒《たお》れこんだ。

「う、うわわわわわわっ‼」

無様に寄り倒され、大の字にひっくり返った〈シャドウ〉。その機体に容赦《ようしゃ》なくM1は寄り上がり、下敷《したじ》きにし、悠々《ゆうゆう》と走り去る。

「ち、ちくしょう……」

無残に履帯《りたい》のキスマークが残された〈シャドウ〉は、大の字で柔《やわ》らかな地面にめりこんでいる。そのコクピットで、達哉は完敗に呻《うめ》いた。

「順当な結果であろうな」

動かなくなった〈シャドウ〉の惨状《さんじょう》を前に、ユースフは非情に言い切った。

「そもそも、目方や足腰が違《ちが》いすぎる。〈シャドウ〉の機体重量が一〇トン足らずで、対する〈エイブラムス〉は六〇トンを超《こ》えておる。言わば、人の身で牛を止めようと試みるようなものよ」

「……てめえ、人ごとだと思いやがって」

這々《ほうほう》の体《てい》で〈シャドウ〉のコクピットから這《は》い出した達哉が、地面に寝《ね》っ転がったままユースフをにらむ。大きく胸を上下させており、息も絶え絶えの有様だ。

と、そこにスタッフとの打ち合せを終えたアデリーナが戻《もど》ってきた。

「しかし、やはりタツヤに任せるべきではなかったのでは？」

やや不信げな声で、アデリーナはユースフにそう言った。ちらりと一瞬《いっしゅん》だけ、達哉に目線を向ける。

「わたしが今の勝負に挑《いど》んでも、戦車に勝てたかは分からん。だが少なくとも、真っ向からぶつかることしかできないタツヤよりは、ましな勝負ができたはずだ」

「……はっきり言うなよ」

バツが悪そうに、達哉はアデリーナから顔をそむけた。そんな二人の前で、ユースフは軽く肩《かた》をすくめる。

「リーナよ、やはりそなたは優秀《ゆうしゅう》な兵だが、将の器《うつわ》ではないな。私の策がまだ分からぬのか」

「どういう意味だ？」

悠然《ゆうぜん》と答えるユースフを、アデリーナはやや怪訝《けげん》そうに見やる。

「なに、孫子《そんし》の兵法に倣《なら》ったまでよ」

「孫子？……ってたしか、大昔の中国の軍師だっけ。兵とは詭道《きどう》なりとか何とか」

世界史の授業を思い出した達哉の前で、ユースフはうなずく。

「いかにも。そして孫子にはこのような逸話《いつわ》がある。かつて孫子が、競馬の三本勝負に臨《のぞ》んだことがある。まず初戦で孫子は敵の上の馬に、己《おのれ》の下の馬を当てた」

「は？」

いきなり始まったユースフの語りに、達哉は目を白黒させた。

「そして続く二戦目では敵の中の馬に己の上の馬を、最後の三戦目では敵の下の馬に己の中の馬を当てたのだ」

「それって、どういうこと……？」

「なるほど、そういうことか」

意味が分からないまま首を傾《かし》げている達哉と対照的に、アデリーナは感心したように声を上げた。

「つまりあえて一戦目を落とすことによって、残る二戦の組み合わせを有利に運んだということだな」

「左様、よく見たな」

我が意を得たりと言わんばかりに、ユースフはうなずく。

「結果は孫子の二勝一敗。勝利した孫子は千金を得、兵法家としての名声を博した。この勝負も、それと同じことよ」

「おい」

ようやくユースフの言わんとしていることを理解して、達哉の声が急に低くなる。だがユースフはそれに気づかぬまま、滔々《とうとう》と言葉を重ねた。

「勝負の種目を見る限り、この戦車こそ間違いなく敵方の『上』。ならばそれをこちらの『下』でいなし、残る二戦を確実に取る。それぞ、兵法というもの！」

「要するに俺が下手だから、噛《か》ませ犬の捨て駒《ごま》にしてすり潰すと」

「いかにも。誇るがよい、これこそ確実なる勝利への第一手——」

「やかましいわボケ!!」

激昂《げきこう》の叫びと共に、達哉の拳《こぶし》が空を切った。渾身《こんしん》の右ストレートを、だがユースフは軽く首を傾《かたむ》けただけでかわす。

「……危ないではないか」

「うるさい、だまれ！　この、この——」

ムキになった達哉は、真っ赤な顔で左右の拳を振《ふ》り回す。次々と繰《く》り出されるテレフォンパンチを、ユースは一歩も動かないまま、ヘッドスリップやスウェーバックで軽々と避《よ》けていった。

そんなじゃれ合いに、アデリーナはぽつりと言った。

「仲がいいな」

「どこがだよ!?」

2

翌日も、番組のテーマソングが景気よく鳴り響《ひび》いていた。

いや、実際は収録現場に流れていないのだが、達哉の耳はＢＧＭの幻聴《げんちょう》を確かに聞き取っている。

『続いて、今度はASの速さを試《ため》してみたいと思うんだ』

『WAO！　それは楽しみね』

昨日の海兵隊基地からは場所を変え、今日の撮影《さつえい》はカリフォルニア州西部のサーキットへと移っている。

「大丈夫《だいじょうぶ》かね、ユースフのやつ」

「彼ならば、任せて問題あるまい」

コース脇《わき》のピットで、達哉とアデリーナはそう言葉を交《か》わしながら、グリッドの方を見やった。そこにはすでにユースフが乗る〈シャドウ〉と、エンジン音に車体を震《ふる》わせるレーシングカーが待機している。

両機ともレースの開始を、今や遅《おそ》しと待ちわびていた。

「レーシングカーって言っても、見かけは普通《ふつう》の車とあんまり変わらないんだな。色は派手だけど」

「外見だけはな。中身はシャーシからエンジンにいたるまで、市販《しはん》車とは全くの別物だそうだ」

「ふーん、くわしいな」

「いや、ユースフからの受け売りだ」

達哉とアデリーナがそんなやり取りをしている間にも、司会のジョーイとジェニファーによって番組は進んでいく。

『まさか本当に、プロのレーサーを呼んでくるなんて。一体、あのマシンには誰《だれ》が乗っているのかしら』

『驚《おどろ》かないでくれよ、ジェニファー。今日、世界最強の兵器に挑むのは、世界最速の男たちの一人だ』

『それって、まさか――』

『そう、今年のデイトナ500を制した名ドライバー、あのアラン・マクファーソンが愛車と共にやって来たんだ！』

『ウソ!?』

司会のジェニファーが上げたわざとらしい驚きに応《こた》え、ドライバーがカメラに向かって親指を立てる。

『どうしましょうジョーイ。私、彼の大ファンなのよ。ああもう、サインもらっちゃおうかな』

『はは、それはこの勝負が終わってからだね。それでジェニファー、今日はどちらを応援《おうえん》するのかな？』

『いじわるね。これじゃあ私、〈シャドウ〉を応援できないわ』

大仰《おおぎょう》な仕草で、ジェニファーは空を仰《あお》いだ。

「本当に、プロのドライバーを引っ張って来やがったよ」

カメラに向かって手を上げたドライバーの姿に、達哉は呻く。

「つーか、まだシーズン中なんだろ。再来週には次のレースがあるってのに、大丈夫《だいじょうぶ》なのかよ？」

「放送局がスポンサー経由であれこれと手を回したらしいな。サーキットの貸し切りも含《ふく》め、相当の金が動いたようだ」

「なんていうか、この番組って全力でバカをやっているよな。見る分には面白《おもしろ》いけど、実際にやるとなるとたまったもんじゃねえ」

そんなことを言っているうちに、グリッド周辺から撮影班が退避《たいひ》した。ややあって信号灯に、赤い光が点《とも》る。

それを見たユースフの〈シャドウ〉は両手を地面につくと、両脚《りょうあし》を前後に開き、そのまま腰《こし》を高く衝《つ》き上げる。

「クラウチングスタートって、ASに意味あるのか？　いや、そもそも――」

レースの開始を前に、達哉は根本的な疑問を抱《いだ》いた。

「大体レーシングカーって、確か時速三〇〇キロ以上は出せるんだろう？　いくら何でもASじゃ勝負にならないって」

「さて、そうは一概《いちがい》に言えんかもしれんぞ」

両腕《りょううで》を組んだ姿勢で、アデリーナは小さくつぶやいた。

「……どういう意味だ？」

形のいい膨《ふく》らみが揺《ゆ》れる魅惑《みわく》的な情景から眼《め》を引きはがし、達哉はそう尋《たず》ねる。アデリーナはやや呆《あき》れた様子で、指をピッと立てた。

「説明──の前に、コースをよく見てみろ」

「？」

言葉通り、達哉は整地されたサーキットに目を向ける。約三・六キロメートルのコースは、S字型のシケインを始めとしたいくつもの大きなカーブを備えており、全体としてずいぶんと歪《ゆが》んだ形をしている。

「見たけど、どうかしたのか？」

「まだ分からないのか、つまりだな──」

アデリーナがそう言ったのとほぼ同時に、信号灯が赤から緑に切り替《か》わった。

「始まるぞ」

「ああ――」

「来るか」

号砲《ごうほう》と同時に、ユースフはスティックを引き、ペダルを踏《ふ》みこんだ。ASのセミ・マスタースレイブシステムはその動きを拡大しつつも忠実に再現。放たれた矢の勢いで〈シャドウ〉は駆《か》け出す。

パラジウム・リアクターから供給される莫大《ばくだい》な電力がマッスルパッケージを駆け抜《ぬ》け、圧倒的《あっとうてき》なパワーで大地を蹴《け》った。地を這《は》うような低い姿勢から、〈シャドウ〉は一歩ごとに身を起こしていく。

『OH　MY　GOD!?』

〈シャドウ〉の速度は、瞬時《しゅんじ》に時速二〇〇キロメートル近くにまで迫《せま》っていた。そのまま爆発的《ばくはつ》な加速で、一気にレーシングカーを振り切ろうとする。

だが――

「くっ」

その〈シャドウ〉の真後ろで、一度は置き去りにされたレーシングカーがぐんぐん追い上げてきた。

四つのタイヤがアスファルトを噛みしめ、急加速。ガソリンエンジンを高らかに響かせながら、徐々《じょじょ》に〈シャドウ〉に追いすがっていき――そして、あっさりと抜き去ってしまった。

コクピットのスクリーンに映った敵手の後ろ姿を、ユースフは切れ長の目で鋭《するど》くにらみつける。

「ここまでは当然。だが――」

「やっぱこうなるよな」

予想通りのレース展開を、達哉はやや白けた目でながめた。先行するレーシングカーは、〈シャドウ〉をさらに引き離《はな》していく。

「ユースフのやつ、あそこまで大口叩《たた》いてこの様《ざま》かよ」

思わず毒づく達哉の前で、アデリーナは言った。

「いや、これからだな」

「へ？」

ほぼ同時に、レーシングカーは最初のコーナーへと差し掛《か》かった。およそ一八〇度の大カーブを、鮮《あざ》やかなライン取りで駆け抜けていく。そして、遅《おく》れて後を追う〈シャドウ〉は——

「おい!?」

いっさい減速をしないまま、コーナーに突《つ》っこんだ。

「ユースフ——」

事故の予感に青ざめる達哉の前で、〈シャドウ〉はやや横へと踏みこんだ左脚を軸《じく》に、機体を大きく左へと傾けた。

そのまま疾走《しっそう》の勢いを利用して、機体を一転させる。

「うそだろ!?」

その鮮やかな機動に、達哉は目を見はった。

まるでスピードスケートの選手を思わせる、見事なターンだった。ほとんど速度を落とさないままコーナーを駆け抜けた〈シャドウ〉は、再びレーシングカーに肉薄《にくはく》し——一気に抜き返す。

「……こういう、ことか」

「ああ」

ようやくアデリーナの言わんとすることを理解し、達哉はかくかくと機械的にうなずいた。

「今回は、地の利がこちらにあったな。見ての通りこのサーキットはテクニカルなコーナーが多く、高低差も大きい。つまりコーナーに差しかかるたび、車は大きく速度を落とさざるをえないのだ」

「なるほど」

「それに比べＡＳは、確かに最高速度で劣《おと》っている。だが二脚《にきやく》による柔軟《じゆうなん》さと加速力を最大限に発揮しさえすれば、この低速サーキットならば十分にレーシングカーと競走できるのだ」

妙《みよう》に声を弾《はず》ませて、アデリーナは説明を続ける。

「もっとも、普通の競走ならば相手にならないし、何よりそれを可能にしたのはオペレータの腕だがな」

そう言ったアデリーナは、達哉を振《ふ》り向いた。

「さっきは『この様か』などと言っていたが、君に今のユースフと同じような真似《まね》ができるのか？」

「…………」

沈黙《ちんもく》した達哉の前を、二周目に差しかかった〈シャドウ〉が駆け抜ける。

「そう思うなら、よく見ておけ。そして、ユースフの技術を盗《ぬす》め」

「……無理だな」

「ああ、分かったよ」

素直《すなお》にうなずいた達哉は、真剣《しんけん》な眼差《まなざ》しを疾走する〈シャドウ〉に向けた。

『これは、想像した以上にＮＩＣＥなレースになったね』

『ええ、とてもＴＨＲＩＬＬＩＮＧだわ』

ジョーイとジェニファーの言葉通り、〈シャドウ〉とレーシングカーのレースは、一進一退を続けていた。

直線でレーシングカーが引き離しては、コーナーで〈シャドウ〉が追いすがり、時には抜き返す。言葉にすればそれだけの単純な攻防《こうぼう》が、一髪千鈞《いっぱつせんきん》を引くようなぎりぎりの危《あや》ういバランスで、果てもなく繰《く》り返されていく。

「く」

〈シャドウ〉のコクピットで、ユースフは呻《うめ》く。

ＡＳと車という、構造も用途《ようと》も全く異なるビークル同士の、奇妙《きみょう》なせめぎ合い。二周、三周と、周回数のみが積み上げられていく。

そして――

『GOAL!!』

『YEAH!!』

最後にフィニッシュラインでチェッカーフラッグを浴びたのは、二台ともほぼ同時だった。

「お、終わった、のか……」

びっしょりと汗《あせ》をかきながら、ユースフは言った。正規のグランプリに比べればはるかに短い周回数と時間だったが、それでもレースの緊張《きんちょう》は、ユースフの気力を大きく削《そ》ぎ落としていた。

サーキットの脇《わき》に〈シャドウ〉を寄せ、がっくりと両膝《りょうひざ》をつく。そのまま機体の両手をつき、駐機《ちゅうき》態勢。コクピットを開放する。

「ふう」

雲一つない青空がのぞく。吹《ふ》きつける風が心地《ここち》よい。コクピットから垂れ下がった縄《なわ》ばしごで、ユースフは地面に降りた。

『まさか、ここまで僅差《きんさ》の勝負になるとは思わなかったよ。写真判定でも判別がつかないんだ』

『ねえジョーイ、そういうことは大事じゃないと思うのよ。見て』

ジェニファーがそう言ったのとほぼ同時に、ユースフに背後から声がかけられた。

「へい、ボーイ」

振り向くと、ヘルメットを小脇に抱《かか》えた小柄《こがら》な男が、大股《おおまた》で歩いてきた。つい先ほどまで追いつ追われつのデッドヒートを繰り返した、レーシングドライバーのアラン・マクファーソンだ。

「いい勝負だったぜ」

「何、地の利がこちらにあっただけのことよ」

差し出された右手を握《にぎ》り返しながら、ユースフは泰然《たいぜん》と答える。正直、偽《いつわ》らざる本心だった。

「これだけコーナーの多いコースでなくば、私の完敗であっただろうよ」

「なーに、それを言うんなら、サーキット自体がこちらのホームだ」

にやりと笑うマクファーソン。

「正直つまらない見せ物に引っ張り出されたと思っていたが、まさかここまで熱くなれるとはな」

「それはこちらも同じことよ。機会が許されれば今一度、そなたと駆け比べを試《ため》してみたいものよ」

「おうよ。だが今度は、シーズン・オフに頼《たの》むぜ」

握手《あくしゅ》を交《か》わす二人に、司会者の声が重なる。

『両者とも、互《たが》いの健闘《けんとう》を讃《たた》え合っているわ。素敵ね。これこそが、この勝負の全《すべ》てだと思うの。違《ちが》うかしら？』

『いや、僕もその通りだと思うよ、ジェニファー。この三本勝負、二戦目は互角《ごかく》の引き分けだ』

『ＦＡＮＴＡＳＴＩＣ！』

「○勝一敗一引き分けってことか。ユースフの皮算用は外れたな」

「問題ない」

達哉のつぶやきに、アデリーナは素っ気なく答える。

「次は私が、必ず勝つ」

3

さらにまた、その翌日――

『さて、いよいよＡＳ三本勝負も最後の一戦だ』

『一体、今度は何を競《きそ》うのかしら？』

『よく聞いてくれたねジェニファー、それは「高さ」だよ』

あいかわらず調子のいい司会者二人の声が、山々に木霊《こだま》した。

「何でまた、こんなところに」

周囲の荒涼《こうりょう》とした風景を眺《なが》めながら、達哉はあぜんとつぶやく。

ここは合衆国を遠く離れた、南アメリカのアンデス山脈。その山中のベースキャンプに、達哉たちの姿はあった。

すでに高度は、四〇〇〇メートルを超《こ》えている。実際、富士山《ふじさん》の山頂よりもはるかに高い。

周囲には数多くの登山者たちがテントを張っているが、皆《みな》が何事かとこちらを——正確にはうずくまった〈シャドウ〉の姿と、そのすぐ脇に止まった一台のヘリコプターを見ている。

『でもＡＳって、地上戦専用なんでしょう。それなのに高さを競うというのは、どういうことかしら？』

『現代の戦争においては、陸戦といっても本当に地上だけでは終わらないということさ。

必ずそこには三次元、すなわち高さの概念《がいねん》が存在している。陸軍がヘリを装備しているのが、何よりの証拠《しょうこ》だよ』

『なるほど、よく分かったわ。それでジョーイ、最後の相手は誰《だれ》かしら？』

『アメリカ陸軍の誇《ほこ》るAH―64〈アパッチ〉攻撃《こうげき》ヘリだ。果たして戦場の空を支配するのは、どちらの機体かな』

朗々と語りながら司会者は、周囲の山々の中でひときわ高く、そして険しい一峰《ひとみね》を指し示した。

『見てくれジェニファー。あれが南北アメリカ大陸の最高峰《さいこうほう》、アコンカグアだよ。山頂の標高は、実に六九六二メートルだ』

『OH、GREATね』

『そしてこの高さは、〈アパッチ〉の実用上昇《じょうしょう》高度を超えている』

一拍《いっぱく》だけ、ジョーイは言葉を切る。

『つまりASがその登頂に成功すれば、高さにおいて戦闘《せんとう》ヘリに勝《まさ》るという何よりの証拠となるってことさ！』

『なるほど、NICEなアイデアだわ』

「いやいやいや、どう考えてもおかしいだろうがその理屈《りくつ》は!?」

つっこむ達哉のすぐ隣《となり》で、操縦服姿のアデリーナが立ち上がった。いつも通り、そっけないほど冷静な態度のままだ。

「では、行ってくる」

「本当に行くのかよ、おい!?」

「無論だ」

実にあっさりと、アデリーナはうなずいた。

「いや、でもなあリーナ、こいつはちょっと——」

「心配は無用だ。わたしは以前に〈サベージ〉で、エルブルス山の登頂に成功したことがあるからな」

「エルブ——なに？」

聞き慣れない単語に、達哉は首を傾《かし》げる。

「エルブルス山。カフカース山脈にある、ヨーロッパの最高峰だ。標高は五六四二メートル。アルプスのモンブランやマッターホルンなどより、よほど高い山だぞ」

「はあ……」

なぜか自慢《じまん》そうに、アデリーナは胸を張っている。

（ひょっとして、お国自慢なのか？）

内心に疑問を感じながら、達哉は話を続ける。

「なんでまた、〈サベージ〉で登山なんてしたんだよ？　レジャーにしちゃ、ずいぶんと変わってるな」

「バカを言うな。歴《れっ》とした作戦行動だ」

そう答えたアデリーナは、どこか遠い目で空を見上げる。

「まだ故郷で民兵をしていたころだ。わたしの所属していたAS部隊が敵の奇襲《きしゅう》を受け、散り散りになったことがあった」

「…………は？」

「ほう」

唐突《とうとつ》に始まった物騒《ぶっそう》な昔話に、達哉の目は点になった。一方のユースフは、興味津々《きょうみしんしん》といった様子で先をうながす。

「それで、どうなったのだ？」

「友軍とはぐれて孤立《こりつ》したわたしは、単身〈サベージ〉に乗って北の国境を越《こ》えた。ロシア領内に逃《に》げこみさえすれば、追っ手を撒《ま》けると踏《ふ》んだのだ。だが結果として、その判断は甘かった」

「と、言うと？」

「政府軍の〈サベージ〉が三機、国境を越えて追ってきたのだ」

「えーっと」

真剣《しんけん》な眼差《まなざ》しで語り合うアデリーナとユースフに、達哉は完全に引いてしまった。

「一対三では、まともに戦っても勝負にならない。だが故郷の山々が、わたしを助けてくれたのだ。わたしはあえてエルブルス山の山頂を越える困難なルートを選択《せんたく》し、苦闘《くとう》の末敵機を振《ふ》り切ることに成功した」

「その武勇伝、怖《こわ》っ！」

「なるほど、ASでヨーロッパの最高峰に登頂した以上、アメリカの最高峰に登れぬはずはない、か。確かに理は通っていよう」

「どこがだよ!!」

「その通りだユースフ。では、行ってくるぞ」

「分かったよ、もう好きにしてくれ……」

歩み去るアデリーナの後ろ姿に、達哉はぼやいた。

「――で、なんで俺たちまで付き合わされているんだよ」

険しい山道を登りながら、喘《あえ》ぎ喘ぎ達哉は言った。背負ったザックや機材の重さが、容《よう》赦《しゃ》なく肩《かた》にのしかかる。

「ポーターの手配に不備があったようだ。致《いた》し方あるまい」

前を進むユースフが、達哉を振り返りながらそう答える。秀麗《しゅうれい》な顔には、疲労《ひろう》も汗《あせ》もそれほど浮《う》かんでいない。

南半球はもう夏が近いが、高山なだけあって気温は相当に低い。周囲のそこかしこに、白い雪渓《せっけい》が見えた。

さらに吹《ふ》きつける風のせいで、体感温度はさらに下がっている。

「つーか、あいつもよくやるよな」

左手に延びた尾根《おね》の方をながめながら、達哉はつぶやいた。ユースフもつられてそちらを見やる。

切り立った峻険《しゅんけん》な崖《がけ》を、アデリーナの〈シャドウ〉がよじ登っていた。

恐《おそ》ろしいほどに静かだ。パラジウム・リアクターの冷却音《れいきゃくおん》や、マッスル・パッケージの駆動音《くどう》も、ここまでは届かない。

と、やや一行から先行してガイドと何やら打ち合せをしていた司会のジョーイが、こちらを振り向いた。

「ここで小休止がてら一シーン撮《と》るよ」

「ＯＫ」

その指示にスタッフたちは、機材を手に撮影《さつえい》の準備を始めた。

「やれやれ」

達哉も重い荷を下ろし、大きく息をついた。かじかんだ手で水筒《すいとう》を取り出し、水を一口。

実にうまい。

『すでに標高は五〇〇〇メートルを超えているけど、まだ〈シャドウ〉の足取りに揺《ゆ》らぎは見えないね』

『ＷＯＮＤＥＲＦＵＬね、とても』

登攀《とうはん》する〈シャドウ〉の姿をカメラに収めている。空気も相当に薄《うす》くなっているはずなのだが、ジョーイにしろジェニファーにせよ、張り上げる声の調子には全く変化はなかった。

「あそこまでくれば、立派なプロ根性《こんじょう》だよな」

「さもありなん」

ユースフとそんなやり取りを交わしながら、達哉は再び〈シャドウ〉に視線を移す。

「考えてみればあんな火力と装甲《そうこう》の塊《かたまり》が、この山奥をひょいひょいうろつけるんだよな。やっぱりＡＳって反則だ」

「あれは、操縦しているリーナの腕《うで》も大きい。並みのオペレータならば、ああはいくまいて」

何気ない達哉のつぶやきに、ユースフはしごく真面目《まじめ》に答えた。

「とはいえ、確かにそれがAS最大の利点ではある。確かアフガニスタンだったか、山沿いの要路を扼《やく》する高所に陣取《じんど》ったわずか一機の〈ブッシュマスター〉が、一〇五ミリ砲《ほう》の火力をもって一軍を釘付《くぎづ》けにしたこともあるという」

「へえ」

そんなやり取りをしているうちに、アデリーナの〈シャドウ〉は急な斜面《しゃめん》を登り切っていた。

『おいおい見てくれ、ついにあの斜面を登ってしまったよ』

『本当にWILDだわ。ステキ』

それを確認《かくにん》したスタッフたちも、再び撮影機材をしまい直している。

「さて、我らも続くぞ。今少しで、今日の野営地に到着《とうちゃく》できよう」

「了解《りょうかい》、っと」

そう答えた達哉も、荷物を背負い直した。

そして、さらにその翌々日――

『見てくれ、あの姿を！』

『WAO!!』

撮影用カメラの前で、司会者二人は感嘆《かんたん》に声を震《ふる》わせていた。

アコンカグアの広々とした山頂に雪はなく、黒い岩が剝《む》き出しになっている。アデリーナの〈シャドウ〉は、青空を背に堂々と立っていた。

「よ、ようやくついた」

山頂で大の字にひっくり返った達哉が、息も絶え絶えに言った。

「全く情けない」

「………うるせえー」

あきれたようにつぶやきながら水を飲むユースフの言葉にも、反論はできない。達哉は目線を、撮影スタッフの方に向けた。

回り続けるカメラは、アコンカグアの山頂に立つ〈シャドウ〉の姿を、克明《こくめい》に写していた。ご丁寧《ていねい》にもその手には、D.O.M.S.のロゴが入った大きな旗が握《にぎ》られ、風にそよいでいた。

『標高約七〇〇〇メートル、いかに〈アパッチ〉と言えど、この高度までは上昇《じょうしょう》することができないんだ』

『本当ね』

続いてカメラは山頂から、実用上昇高度《じょうしょうこうど》より高くを懸命《けんめい》に飛ぼうとしている攻撃《こうげき》ヘリの姿を、容赦なく写し出す。

『とはいえこの結果は、決して楽にもたらされたものではないんだ。君なら分かるだろう、ジェニファー』

『当然よ』

『急峻《きゅうしゅん》な地形、薄い空気。オペレータの果断な決意と優《すぐ》れた技術が一つとなり、ようやくたどり着いたものだからね』

「いやいや、生身でこれだけの撮影機材を山頂まで引っ張り上げた俺らやあんたらの方が、正直リーナよりもすごくないか？」

何となく常に探検隊よりも先行している某《ぼう》番組のカメラマンを思い出しながら、達哉は小声でつっこんだ。

一方のユースフは、どことなく満足げに指を折っている。

「一勝一敗一分けか、妥当《だとう》なところであろうよ」

「そういや、そんな勝負もしていたっけ」

ようやく本題に戻《もど》れた達哉は、げんなりとつぶやく。

「もう、リーナのAS登山に絞《しぼ》った方が、よほど面白《おもしろ》い番組になったんじゃないのか？　ちゃんと感動の過去話もつけてさ」

「それは確かに、一理はあるやもしれぬな」

あくまで大真面目に、ユースフはうなずいた。

『さてみんな、名残惜《なごりお》しいけど今週の「ワールド・ビークル・チャレンジャー」はこれで終わりだ』

『とてもHOTな体験だったわ。ASってすごいのね。素晴《すば》らしくGREATでSMARTよ』

4

後日――

『下村《しもむら》くん、アレを見たかねアレを』

「はあ」

東京の市ケ谷《いちがや》にある防衛省庁舎ビルの一室で、陸上自衛隊幕僚監部《ばくりょうかんぶ》の下村悟《さとる》一等陸佐《りくさ》は、電話を手に気のない返事をした。

「ひょっとしてアレですか？　D．O．M．S．が関《かか》わったという、アメリカのTV番組。一応、チェックはしておきましたが」

『やはり見ていたのかね。結構だ、話が早くて済む』

電話の向こうの話し相手――衆議院議員の霧ヶ谷大樹《きりがやだいき》は、対照的に声を弾《はず》ませている。

漠然《ばくぜん》とした不安を感じながらも、下村は黙《だま》って耳を傾《かたむ》けていた。

『いやあ、さすがにああいったアピールは考えてもいなかったよ。いいねアレは、実にいいよ』

「一体、何がです？」

何となく予想がついたが、一応はそう聞いてみる。もしかしたら自分の予感が間違《まちが》っているのかもという、一縷《いちる》の望みに賭《か》けて。

だが、現実は非情だった。

『それは決まっているだろう？　ああいった番組に〈サムライ・イレブン〉――もとい〈ブレイズ・レイヴン〉を出すんだよ』

「…………」

確かに予想通りではあったが、さりとて衝撃《しょうげき》が弱まっていたわけではない。頭痛を覚えた下村は、こめかみをもみほぐす。

そんな下村の内心を一顧《いっこ》だにせず、霧ヶ谷は得意げに語っていた。

『まずは戦車だね。こう、まずは普通《ふつう》に押し合い引き合いだ。そこで負けそうになったところで、満を持して〈レイヴン〉がアジャイル・スラスタに点火。盛大《せいだい》にプラズマの尾《お》を引きながら地上を突《つ》っ走り、劇的な大逆転で戦車を押しきるんだ。その姿ときたら、まさに地上の――』

「あのスラスタは、そこまでの推力はありませんよ。だいたいそんなことをすれば、負荷《ふか》で機体のフレーム自体が危ない」

『ならば、モータースポーツでの競走だ。それも一騎討《いっきう》ちの草試合などではなく、正規のグランプリに出場するとしよう。いや、むしろラリーの方か？　ええと、確か今年のパリダカは――』

「ありとあらゆる意味で、機体がレースのレギュレーションに違反《いはん》してて――いや、それ以前の問題でしょう」

『それなら、やはり登山だ。誰《だれ》も名前を知らない南米のマイナーな山などではないぞ。目指せエベレスト！　目指せ世界最高峰《さいこうほう》！』

「極地法など登山家の恥《はじ》だ!!」

『――それは関係ないだろう？』

「失礼しました」

どうやら、知らず知らずかなりペースが狂《くる》っていたようだ。その元凶《げんきょう》は、なおも電話の向こうで得々と語っている。

『とにかくこの件は君に任せるよ。現地の溝呂木《みぞろぎ》くんと協力して、うまくやってくれたまえ』

「……善処しておきますよ」

玉虫色に言葉を取り繕《つくろ》う気にさえならない。ぞんざいにそう答えながら、下村は電話を切った。

「やれやれ」

ぼやきながら、窓から外を見やる。秋の空には雲が重く立ちこめており、一雨来そうな空模様だ。

「互《たが》いに難儀《なんぎ》なことだな、市之瀬くん」
D.O.M.S.にいるはずの少年を思い出し、我知らず下村はつぶやいた。

これは
ゾンビですか？
はい、掘られません
著：木村心一　イラスト：こぶいち むりりん
STORY
超絶可愛いと評判のあたし、ことハルナちゃんがメガロを倒すために、人間界ってところにやってきたんだ！　そこで何があったと思う？　妙なゾンビと出会ったんだ！　キモイ！　そんな話だっ！
著者コメント／1982年京都生まれ。本作「これはゾンビですか？」で第20回ファンタジア長編小説大賞佳作受賞。もうハナクソは食べません。

皆《みな》さんこんにちは。死んでしまいたいゾンビ、相川歩《あいかわあゆむ》です。

「相川、具合はどうだ？　まだ、しんどいのか？」

「ああ、問題ないよ、アンダーソンくん」

あー、超《ちょう》頭痛い。完全に風邪《かぜ》だわこれ。皆さんは風邪の時どうしますか？

「そうか。少し無理をさせすぎたよ」

「いや、俺が自分の意志でやったことだ」

薬を飲んで、暖かい布団《ふとん》にくるまって、頭を冷やし、出来る限り省エネモードに移る。

みんなそうだろう。その方がいい。

「何か、俺にして欲しいことはあるか？」

「そうだな。じゃあ……掘《ほ》らせてくれ」

絶対に、無理はしないこと。

風邪を引いても頑張《がんば》るなんてのは、自己満足でしかない。

「は？」

「アンダーソンくん、君のピ――に俺のピ――をピ――――」

風邪を引いたら安静にする。

それが自分にとっても他人にとっても、一番なのさ。

「分かった。今日は早退だな」

「そうする」

さっさと寝《ね》るべきだ。

みんな、思わず『引く』ような出来事が起こってしまう前に。

俺はこの日のことを一生忘れないだろう。

そして、一生忘れたいだろう。


今回は、そんな話——


風邪を引いた。

完っ全に、風邪を引いた。

その引きたるや、遊戯《ゆうぎ》王のディスティニードローぐらいの引きに匹敵《ひってき》する。

……何を言ってるか分からないだろ？　俺もさ。

風邪って言葉には一から一〇まで種類がある。

咳《せき》がひどいとか、頭が痛いとか、頭がおかしいとか。

強さにも段階があるが、そこは風邪という症状《しょうじょう》に関係ない。

今、俺の風邪は——

三九度二分。熱と喉《のど》、鼻づまりという症状が、今の風邪レベルだ。

人によっては四〇度を超《こ》えても風邪と言ったり、三七度を超えればもう全《すべ》て風邪と言ったりする。

内科医曰《いわ》く、インフルエンザではないらしい。

俺はすでに死んでいて、現在進行形でゾンビ状態なのだが、高熱にうなされるゾンビなどいるだろうか？

まあ、たとえゾンビだろうが、体の中に菌《きん》が入って、それを倒《たお》そうとするために体が反応し、高熱を放つこともあるのだろう。

菌と戦って死んでいった、ちっさい俺の死骸《しがい》が鼻水として、押せよ押せよの大行進をすることもあるのだろう。

死んでいても、肉体が活動を続けているのだから。

居候《いそうろう》三人娘《むすめ》は俺の風邪について、こうコメントしている。

「天才にうつるだろ！　さっさと外へ行けよな！」

「三九度二分……仮病《けびょう》ですね。この程度で弱音など吐《は》かないで下さい……気持ち悪い」

『今日は　うどんにしよう』

奴《やつ》らは鬼《おに》だ。

鬼嫁《よめ》だ。

学校を休もうかとも思ったが——まあ、別に死ぬ訳でもないし、咳がひどくて人にうつるという心配もなさそうだから、死ぬ気で登校した。

ふらふらになりながら登校するなんて、慣れているからな。

今日光を浴びたら、灰になるんじゃなかろうか。

そんなことを思いながら、燃えるように熱い頭を、暖房《だんぼう》の効いていない冬の机にべったりと頬《ほお》を付けて、気持ち良く寝ていると——

「大丈夫《だいじょうぶ》？　相川くん……」

心の優《やさ》しい女生徒が声を掛《か》けてきた。

お下《さ》げ髪《がみ》をびよーんと引っ張りたくなる。

「相川ー、薬は飲んだのかー？」

短髪《たんぱつ》の女生徒が顔を覗《のぞ》き込んできた。

口に指を突《つ》っ込んでやりたくなる。

「病人アピールってウザイよねー」

茶髪《ちゃぱつ》の女生徒が舌打ちしていた。

まつげをぐりんって逆回転してやりたくなる。

「え？　ごめん、聞いてなかったわ。日雇《ひやと》いのアルバイトがなんだって？」

周りの声は聞こえているのかいないのかすら分からない精神状態。

何か声を掛けられた気はしたんだが、彼女たちが何を言ったのかを認識《にんしき》出来なかった。

「ダメだこりゃ」

いかりや長介《ちょうすけ》を探したが、そこにいたのは茶髪の少女だった。

そう、何より今日の俺の風邪の症状は——

「頭がおかしくなってるんだな」

女生徒たちの心配にも応《こた》えられないほどに、俺の脳内は疲弊《ひへい》していた。

「……そっと……しておくべきだよ」

なんて、お下げの美少女が心配そうに言うもんだから、誰《だれ》も俺には近づこうとはしなかった。

このときもう少し質疑応答がしっかりしていれば、きっといつも通りの学校生活を送れただろうに。

ファーストインプレッションに失敗すれば、孤立《こりつ》する。

人間社会のかくも難しきことかな。

たかだか熱如《ごと》きで、ここまで思考回路が停止するとは——

これも、俺が死んでいるからこそなのだろうか？

そもそも平熱低いからなー。

「なあ、相川」

そんなぼーっとしている俺に、一人の男がすり寄ってきた。

ウザイ時には絶対に会いたくない男。

ツンツン頭がトレードマークの、ウザイ男——織戸《おりと》だ。

「なんだ？」

さっきの失敗を繰《く》り返すわけにはいかない。

俺は瀕死《ひんし》の状態から、しっかりと言葉を返した。

「アンダーソンがな……ずっとお前を見てるんだ」

「それが？」

ちらりと廊下《ろうか》へ目をやると、隣《となり》のクラスにいるイギリス系高身長イケメンが俺を心配そうに見つめながら、茶髪の女生徒と談笑《だんしょう》していた。

「前々から思っていたんだが……あれ、狙《ねら》ってるんじゃね？」

「何を？」

「お前のケツを」

「ケツてなんやねん」

アホアホしい。

サラスじゃあるまいし……

待てよ？　サラスが有り得るんだったら、アンダーソンくんも有り得るんじゃ……

じーっとアンダーソンくんを見ていると――

ぺろり。

唇《くちびる》を舐《な》めた！

俺を見ながら、舌なめずりをしやがった！

まさか……本当に……織戸の言うとおり……

さらにアンダーソンくんは、ずずいっとこちらへ歩いてくる。

制服に、手を掛けながら……

まさか……今ここで？

こんな公衆の面前で、俺を『掘ろう』って言うのか？

言葉も出ない俺の隣の席に、アンダーソンくんはジャージを置いた。

「おっと、そう言えば次体育だったな。どうするんだ？　見学するのか？」

織戸に言われて思い出した。

体育は隣のクラスと合同だ。だから、別にここで着替《きが》えることになんの違和感《いわかん》もない。

舌なめずりも、冬で唇が乾燥《かんそう》しただけだろう。

なんだ、俺の取り越《こ》し苦労だったな。

「いや、参加するよ。体動かさないと頭が動かないわ」

「あはは、相川らしいね」

健康的な白い歯を見せて笑うアンダーソンくん。

なっ！

俺は愕然《がくぜん》とした。

なんと、アンダーソンくんは上着を脱《ぬ》いでいるではないか。

この寒い冬に、服を脱ぐなんて有り得ない事態だ。

まさか——

まさか俺を『掘《ほ》る』つもりなんじゃっ！
と思っていたら、体操着に着替えるだけでした。
俺は目頭《めがしら》をぎゅっと押さえた。
落ち着け。
落ち着くべきだ。
当たり前じゃないか。着替えをしているんだから、裸《はだか》になるのは当たり前。
裸になるのが当たり前だって！
俺は辺りを見渡《みわた》した。
誰も彼もが服を脱ぎ始めている。
なんだ……なんなんだこれは！
パーティの始まりじゃねえか！

全体的にピンク掛かった、ぼやけた視界の中で、踊《おど》り狂《くる》う裸の男たち。

ここで着替えろっていうのか？

こんな、変態たちのエデンで。

そんなことをしてみろ……………掘られ放題じゃねえかよ！

「相川、早く着替えろよ。行くぞー」

「お、おう」

織戸に催促《さいそく》されて、俺は覚悟《かくご》を決めた。

大丈夫。もし掘られそうになったら、逃《に》げればいいだけだ。

そう簡単に、俺を掘れると思うなよっ！

体操着に着替えるため、俺は立ち上がり、ばっと制服を脱ぎ去った。

「ちょっとトイレ行こうかな」

びっくーん。

俺はジャージを握《にぎ》りしめて硬直《こうちょく》した。

やばい！　掘るつもりだ！

トイレに連れ込まれれば、一巻の終わり。

「おー、じゃあ俺も連れションすっか」

織戸っ！　こいつ……まさか3Pをっ！　なんってアブノーマルな奴らなんだ！

「相川もいっとくか？」

「お、俺は……えっと……」

顔が真っ赤になっていただろうが、大丈夫。

俺は今風邪《かぜ》だからな。バレはしないだろう。

もしバレてしまったら、一巻の終わり。

「やっぱり、今日の相川は体調が悪そうだね」

煮《に》え切らない態度の俺に、呆《あき》れた表情を見せながら教室を後にするアンダーソンくん。

た、助かった……

どうやら、無理矢理掘ろうという気はなさそうだ。

と、言うことは、奴らは俺をその気にさせようと画策してくるだろう。
ふっふっふ、そう簡単に俺が落ちるかなあ？
貴様らの失策は、トイレに立ったことだ！
俺はそそくさとジャージに着替えた。
舞台《ぶたい》俳優もびっくりの早着替えである。
悔《くや》しがる二人の顔を見てやりたかったが、そのまま帰ってこなかった。
どうやら、トイレはついでで、そのまま授業へ向かったようだな。
なんだろうこの気持ち――
俺は……何かを期待していた。

体育館でバスケをするのが、冬の体育の鉄則だ。
体育教師から、いつも中か外かを問われ、その都度中を選ぶのだ。
外だとすぐマラソンだからな。
これは怠《なま》け者の体育教師の策略だ。
一か所に集めることで管理しやすくし、仕事をサボろうとしている。

しかしながら、高校生は自分たちで遊ぶ方が楽しいので、利害は一致《いっち》していると言って良いだろう。

む？　中を選ぶだって！

俺は今まで、なんて卑猥《ひわい》で不衛生な選択《せんたく》をしていたんだっ！

俺は体育館の端《はし》で、切腹するときのように少し膝《ひざ》を開いた正座をして、辺りを警戒《けいかい》していた。

もう誰《だれ》も信用出来ない。

ここには、変態共しかいない。

周りの声に耳を傾《かたむ》け、俺を狙ってる奴《やつ》がアンダーソンくんや織戸以外にいるのかも知れない。

いや、男共だけではない。

女子も、例外ではないのだ。

「かなみって、バスケ超上手《ちょううま》いよな」

ブルマがよく似合う、陸上部のアホ娘《むすめ》が笑顔《えがお》を見せていた。

まさかこのアホも変態なんじゃ――
ん？　上手いって、何が上手いって言ったんだ？
よく聞こえなかったが……まさかいかがわしいアダルトなことなんじゃっ！
「……いつから……やってるんだっけ？」
その隣《となり》には、お下《さ》げ髪《がみ》の少女。
やってる……だと？
こんな見るからに清楚《せいそ》な黒髪美少女が、まさかそんな……
これが、これが魅惑《みわく》のガールズトークと言うものかーっ！
清楚な女の子ほど、変態だったときの奇矯《ききょう》さは、凄《すさ》まじい興奮度を生む。
それは、一発で惚《ほ》れてしまうほどの――
掘れてしまうだってっ？
誰が掘られるかっ！　俺は絶対に負けない！
「お父さんが監督《かんとく》やってたからさ、小学校の頃《ころ》から」

お父さんが監督だってっ？

まさか彼女がＡＶに出ていたとでも言うのかい！

茶髪《ちゃぱつ》でイケイケで、メイクもばっちりで、他《ほか》の女子高生より進んでるなとは思っていたが、まさか、そこまでとは——

って、小学校の頃からっ？　どんだけー。

「お母さんがカメラ回してさ」

お母さん何してんの！　冷静な家族だな。

「初めて入れた時ってどういう感じだった？」

「そりゃあ嬉《うれ》しかったなー。泣いちゃいそうだったけど、我慢《がまん》した」

初体験がＡＶなんだ！

っていうか小学校の頃からっ！　どんだけー。

「じゃあお前らー、今日も適当に運動しとけー。あ、ストレッチはしておけよ」

適当に出欠を取ってさくっと体育館を後にした体育教師。

ここに、風邪をおして頑張《がんば》ろうとしている戦士がいるってのに、何の声も掛《か》けないのかよ。ちょっと心配されたり、褒《ほ》められたりを期待したんだけど……

いや、これはむしろ、良いことではないだろうか。

あくまで、変態なのは生徒であって先生ではないのだ。

もしここで、あの冴《さ》えない体育教師が、「相川〜。どうしたんだ〜？」なんて言ってきたら、「やばい、掘られる！」と感じていただろう。

相手は分別ある大人の男性なんだ。

良かったぜ、変態ばかりじゃないってのがよ。

「よーし、相川。俺とストレッチしようか」

声を掛けてきたのは、やはりというか、アンダーソンくんだった。

こいつ、ストレッチを利用して、俺のボディにBを仕掛けるつもりだな？

「えー、オレが相川とやりたかったのにー」

ぶーぶー言ってるのは、短髪の少女だった。

この隠《かく》れ巨乳《きょにゅう》め。エロい体しやがって。逆に、エロい体しやがって。

こいつは変態に違《ちが》いない。逆に、変態に違いない。

「じゃあ、俺がトモノリとやってやんよ」

ニヤニヤ顔を見せたのは、メガネ界の紳士《しんし》、織戸。

「お前はいいやー」

棒読みで否定され、織戸は俺の顔を切なそうに見る。
やれやれ。助け船の出しようもないだろうが。
はっ！　違うっ！

こいつは、嫉妬《しっと》しているんだっ！

俺がアンダーソンくんとストレッチすることを。
そして、逆に俺を嫉妬させるためにさっきの行動に出たんだろう。
全く、そんなことで俺が掘《ほ》られると思うなよ！
「ほら、相川、足開いて」
足を開けだって？　座っていた俺の背中をぐっと押すアンダーソンくん。
どうする？
ここで足を開けば最後――掘《ほ》られてしまうんじゃないだろうか。
いや、地面に尻《しり》を付けていれば、掘るのは無理だろう。
くっくっくっ、その浅はかな考えに舌打ちでもするがいい！
俺は足を開くと――

ぐっと背中に体重を掛けられる。

「みちみちしてるみちみちしてるーっ！」

ゾンビな俺は痛みを感じないが、この股《もも》を裂《さ》かれる感じが苦手だ。

「相川、お前硬《かた》いね」

ふふ、と小さく笑うアンダーソンくん。


硬いだって？


俺は咄嗟《とっさ》に股間《こかん》へ視線を落とす。

はっ！　そうか、そういうことかっ！

アンダーソンくんは俺を掘るつもりじゃない！


俺に、掘らせるつもりなんだ！

硬くなったら最後、めくるめく禁断の世界へと誘《さそ》われることだろう。

だが、まだまだ甘い。

ごっつボインの頼《たよ》れるお姉さんから、いけない女教師まで色んなエロと戦ってきたんだ。

こんな密着ぐらいで、硬くなる訳がないっ！

が――

おおう……お……おおう……おう……

アンダーソンくんは体温が高く、大きな手がとても気持ちいい。

少し触《ふ》れられるだけで、手を取り合うだけで、とても心地《ここち》良い。

まずい。

これはまずいぞ。

このままだと、俺は――

「よし、じゃあ交代しようか」

なん……だと……

アンダーソンくんの目的は、俺をびんびんにさせることだったはずだ。

まさかの焦《じ》らしプレイなんて――さすがは学園一のテクニシャン顔。

後ろからのし掛かると、アンダーソンくんは足を開く。

なんて長い足なんだ。ごくり……

「相川ー」

ぐへえ。

さらに俺の後ろからのし掛かってきたのは織戸だった。

「いててて」

開脚状態《かいきゃくじょうたい》で二人の男にのし掛かられて、アンダーソンくんは笑顔で痛がっていた。

く、苦しい──

前門の猫《ねこ》、後門の鼬《いたち》。


こんなの、ただの3Pじゃないかっ！


やばいっ！　掘り、そして掘られる！

そんなエンドレスワルツを踊《おど》る訳にはいかない！

するりと男のサンドイッチから脱出《だっしゅつ》したら、ジェンガが崩《くず》れるかのようにくちゃくちゃになりながら織戸とアンダーソンくんは倒《たお》れた。

「おいおい相川ー」

失望したとでも言いたげな織戸。

「あっははは、急に動いたらバランスが」

楽しそうなアンダーソンくん。

「もうストレッチいいんじゃないかな」

俺はそんな二人の顔を見ずに歩き出す。

危なかった。


危《あや》うく、連結するところだった！


間一髪《かんいっぱつ》だわ。

もしあのままぎゅってされていたら……

胸がどきどきしてる。

あれ？　なんだ？　この気持ちは……

まるでサッカーが始まる前に国歌を聴《き》くかのように胸に手を当てて目を瞑《つぶ》る。

この胸の高鳴り、そしてぽーっと熱く火照《ほて》った体。

俺は、どこかで期待しているのだろうか。

掘られることを——

バスケの試合が開始した。

俺の組はアンダーソンくんや織戸、そしてクラスメイトの男子。

対するは、女子三人組に、クラスメイトの男子二人。

なんだ、女が相手か……とがっかりする人間もいるだろうね。

てっきり、アンダーソンくんは俺と別のチームに入って、ディフェンスすると見せかけてお尻を触《さわ》ってくるようなセクハラ行為《こうい》に及《およ》ぶと思っていたが、そんなこともなさそうだ。

一体、何を考えてやがるんだ。

確実に掘りに来るはず……

試合が始まると、バスケ部が張り切っていた。

激しいプレイ。

激しいプレイだって！　まさか、これはすでにプレイの一環《いっかん》なのでは！

やばい……掘られるっ！

隙《すき》を見せれば、すぐに掘られるはずだ。

俺はサイドラインぎりぎりに立って、背後に回られないように気を付けていると——

アンダーソンくんがやってきた。

「おい、やっぱり調子が悪いのか？　相川」

「ん？　どうして？」

「棒立ちじゃないか」

棒……立ち？　はっはっはっ、とうとう本性《ほんしょう》を現しやがったな。

「俺が立ってるのは乳首《ちくび》だけだっ！」

「あはははははっ！　いきなり何言ってるんだよ」

満面の笑《え》み。ばんばんと俺の背中を叩《たた》いて大きく笑っていた。

何この素敵《すてき》な笑顔。超《ちょう》格好いいんですけど。

「奇遇《きぐう》だな相川。俺も乳首はびんびんだ！」

腕《うで》を組んで、くいっとメガネを押し上げる織戸。

「まあ、寒いからなー。って、何の話してんだよお前らっ！　もうっ！」

ダムダムとボールをつく短髪の少女。

「なんだ？　トモノリもびんびんか？」

織戸は壮絶《そうぜつ》なニヤけ顔で嗾《けしか》ける。

「えぇー？　……お、オレは、まあなんつーかあれだ」

顔を真っ赤にして、その恥《は》ずかしくなった顔を隠《かく》すようにバスケットボールを顔の前へ持ってくる少女。

「びんびんなんぐへえええええええっ！」

バスケットボールをぶつけられた織戸は、尋常《じんじょう》じゃないぐらい吹《ふ》っ飛んだ。

まあ、ただの人間じゃないからな。体育館のつるつるとした床《ゆか》を滑《すべ》りに滑って壁《かべ》に後頭部を打ち付けるような衝撃《しょうげき》をぶつけるぐらい造作もない。

「うっせえよもうっ！」

ぷんぷん怒《おこ》るその姿は、ただのアホっぽい。

「相川は風邪《かぜ》でしんどいんでしょ。無理させないで続きやろうよ」

織戸を無視して試合を開始するキャバ嬢《じょう》風女子高生。

「そうだな。ポジショニングが甘くても仕方がないか」

アンダーソンくんはそう言いながら残念そうに戻《もど》っていく。

ポジショニングだって？

俺のポジショニングのどこが甘いというのかっ！

今日はアルティメットチンポジーなのを着替《きが》える際にも確認《かくにん》した。

パーフェクトチンポジーと言っても良いだろう。

たとえ横から蹴《け》りを入れられてもズレない自信がある。

つまり、アンダーソンくんにとって、このベストチンポジーは、デリシャスチンポジーではないということだ。

食べる気だったが、上手《うま》く入らない位置にあるんだろう。

くっくっく、そうそう掘らせるものかよ。

あー、それにしても頭が痛い。

少し遠巻きで試合を観戦する。

まあ五人全員が動く体育なんて、そうそうないからな。あくまで遊びの域だし、俺一人が動かなくてもそんなに戦況《せんきょう》に差はない。

アンダーソンくんが一人で突《つ》っ込んで、一人で入れる。

おいおい、なんて独りよがりなプレイなんだっ！

……そんなアンダーソンくんの雄姿《ゆうし》を見ていたら、俺はなんだか……だってなんだか、だってだってなんだもん。

飛び散る汗《あせ》、靡《なび》く髪《かみ》。——そして、もっこりとした股間《こかん》。

ごくりと喉《のど》が鳴る。

「そう何度も好きにはさせねえぜ！」

男子の股間とアンダーソンくんの尻《しり》が擦《こす》れ合っている。

あれ？　なんだ？　この気持ちは。

俺はアンダーソンくんの尻に押しつけられる男子の股間が気になって仕方が無かった。

この悔《くや》しさ。焦燥感《しょうそうかん》。

モヤモヤとした不快な苛立《いらだ》ち。

楽しそうに股間をぶつけ合う男子を、羨《うらや》ましいと思っているのか？

いや、そうじゃない。

おい、その尻は俺の尻だぞ。

ふと、そんな言葉が頭をよぎる。

気がつけば、俺は走っていた。

アンダーソンくんからパスを貰《もら》って、シュートを決める。

すると、アンダーソンくんは笑顔でやってきては、俺をハグする。

「ナイス！　相川！」

ああ……なんだこの体の火照りは……

俺は目を閉じて、その余韻《よいん》を感じていた。

「相川、やっぱりウチのバスケ部に入ってくれないかな？」

入る？　え？　今？　ここで？

「本番だけでいいからさ」

その本番が問題なのに……でも……

本番……

俺は即答《そくとう》できなかった。

「ちゃんとした試合でプレイすればさ、きっと相川もハマると思うんだ」

ああ……なんだこの気持ちは……

アンダーソンくんの言葉一つ一つに、体がぞくぞくと打ち震《ふる》えている。

「さっさと続きやろうぜー」

短髪《たんぱつ》の少女に声を掛《か》けられて、アンダーソンくんは手を振《ふ》る。

「わかったー」

「……アンダーソン……くん」

俺は熱を帯びた視線を送っていた。

「よし、相川、一緒《いっしょ》に行こうか」

一緒にイクだって？　なんて紳士《しんし》なんだ。

男なんて、自分勝手に果てていくモノだ。


それを、一緒にイクだなんて……


「いいよ」

と、俺は呟《つぶや》いた。

ぽっと赤く染まった頬《ほお》に手を当てると、とても熱かった。

「じゃあ、とりあえず俺が中へ突っ込むから、相川は後ろから突っ込んでこい」

バックでやろうってことか。

くそ、なんて野性的で、そして豪快《ごうかい》なんだこの人は。

堪《たま》らねえぜ。

「……いや、でも……」

「緊張《きんちょう》してるのか？」

「そりゃ緊張するだろ」

「初めてって訳でもないだろうに」

そうなのか！　ここにいる変態共は、日常茶飯事《さはんじ》なのか！

俺が、俺だけが遅《おく》れているのではなかろうか。

最近の高校生は進んでいるとは聞いていたが……ここまでとはっ！

「わかった」

遅れる訳にはいかない。

乗るしかないっ！　このビッグヒップにっ！

まあ、アンダーソンヒップはこの頃流行《ごろはや》りのお尻の小さな男の子なんだけどさ。

華麗《かれい》なドリブルで特攻《とっこう》するアンダーソンくんのケツにひっついて、俺は敵陣《てきじん》を駆《か》ける。

なんってケツしてやがる。

ぷりぷりじゃねえか。

涎《よだれ》が垂れそうになり、俺はぐっとジャージの袖《そで》で口元を拭《ぬぐ》った。

「相川っ！」

しゅっ――――ごしゅっ。

アンダーソンくんの尻を凝視《ぎょうし》していた俺の顔面に、大きな大きなバスケットボールが強打した。

バスケ部特有のバックパスは、相当速い。

ゾンビな俺はそのスピードにいつも対応出来ていたが、今日はよそ見をしていたせいか、目の前に来るまで気付かなかった。

まるでファーストパーソンシューティングでもやっているかのように、視界にモヤがかかり、周りの声がよりいっそう聞こえにくい。

まぶたはうっすらとしか開かないばかりか、だんだん重く、落ちてくる。

気がついたら俺の鼻っ柱を叩いたボールはてん、てん、と体育館の隅《すみ》へバウンドし、俺は冷たいコートの上で大の字になって倒《たお》れていた。

「相川ーっ！」

ひときわ心配そうな顔の少女が駆けてくる。

必死に目を開こうとするが、ほんの少ししか開かない。何度も閉じては何度も開き、状況《じょうきょう》を理解する。

「ちょっと、今の大丈夫《だいじょうぶ》？」

普段《ふだん》優《やさ》しさを見せない少女も可哀想《かわいそう》と言わんばかりだ。

「……保健室……行った方がいいよ」

おどおどとした声のお下げ少女。

その可愛《かわい》らしい少女たちの顔より、俺の眼中にあったのは、イケメンだった。

きらきらと輝《かがや》いて見える甘いマスク。

俺は気付いた。

このクラスに変態が多いんじゃない。

俺が、俺一人が変態だったんだ。

いや、少し言い方が違《ちが》う。

ああ、そうか……俺は……アンダーソンくんのことを……掘《ほ》りたいんだ。

やっと……自分の気持ちに……素直《すなお》になれたよ……アンダーソンくん。

ありがとう。

「保健室行くか？」

アンダーソンくんの美声に、俺は精一杯《せいいっぱい》の笑顔《えがお》で応《こた》える。

「ああ……いっちまいそうさ」

頭がどうにかしていた。

本当に——

本当に——

祝
ファンタジア文庫
25周年!!

デート・ア・ライブ

十香フィアフル

著：橘公司　イラスト：つなこ

STORY

四月一〇日。高校生、五河士道は精霊と呼ばれる少女と出会った。世界を殺す災厄、正体不明の怪物と世界から否定される少女を止める方法は――デートして、デレさせること!?　新世代ボーイ・ミーツ・ガール!

著者コメント／ファンタジア文庫25周年！　長いですね。具体的には、創刊当時1歳だった赤ちゃんが作家になって記念本に参加しちゃうくらい長いです。

「私は——やはり、皆《みんな》に疎《うと》まれているのだな」

静かな声が、来禅《らいぜん》高校の屋上に響《ひび》く。

「私は、皆とは違《ちが》う。それはわかっていた。だがそれでも……もしかしたら仲良くできるのではないかと、思っていた。……ふふ、馬鹿《ばか》だろう。皆にはっきりと敵意を示されるまで、そんな能天気なことを考えていたんだ」

言って、夜刀神十香《やとがみとおか》は悲しそうな笑《え》みを作った。

肩《かた》に背に煙《けぶ》る夜色の髪《かみ》に、水晶《すいしょう》のような瞳《ひとみ》。もしこの世の万物《ばんぶつ》が全能の神様とやらに創造されたものだとするのならば、彼女のデザインにはよほど心血を注いだに違いない。そんな馬鹿げたことさえ考えてしまうほどに可憐《かれん》な少女である。

しかしその表情には今、深い落胆《らくたん》と絶望の色が浮《う》かんでいた。

「だが……やはり、駄目《だめ》だった。結局、あの女の言うとおりだったのだ。皆、私が存在することを許してはくれない。精霊《せいれい》と人間は、相容《あいい》れない存在なのだ」

誰《だれ》もが思わず息を呑《の》んでしまうであろう、あまりに美しく——あまりに痛々しい笑顔。

「ええと……十香？」

だが、そんな彼女と向き合うように立った五河士道《いつかしどう》は、困ったように頰《ほお》をかくことしかできなかった。

「盛り上がってるところ悪いんだが……たぶんそれは」

「いや……いいのだ」

士道の言葉を遮《さえぎ》るように、十香が手をかざしながらぴしゃりと言ってくる。

「おまえは優《やさ》しいな、シドー。おまえという人間に出会えただけで、私には過ぎた幸福だったのだ。それ以上など望むべくもない」

「いや、だからそうじゃなくて……」

士道は眉《まゆ》を八の字にしながら頭をくしゃくしゃとかいた。なんと説明したら上手《うま》く彼女を納得《なっとく》させることができるのだろうか。

なんとも複雑で、奇妙《きみよう》で……阿呆《あほ》らしい状況《じようきよう》。

ことの始まりは、数十分前のことだった。

◇

四月二五日。十香が士道の通う来禅高校に転入してきてから一日。

六時間目の授業が始まる直前、トイレから教室に戻《もど》った士道を待っていたのは、深呼吸をしたなら肺を傷つけてしまいかねないほどの、なんとも刺々《とげとげ》しい空気だった。

「貴様……いい加減にせねば怒《おこ》るぞ！」

「何度でも言う。あなたにはここにいる資格がない。速《すみ》やかに消えるべき」

「何だとッ⁉」

教室の奥でそんな言葉の応酬《おうしゅう》をしていたのは、十香と、肩口をくすぐる髪をピンで留めた、人形のように端整《たんせい》な造作の少女だった。

士道の席を挟《はさ》むように向かい合い、鋭《するど》い視線を交《か》わしあっている。互《たが》いに発し合った敵意が流《なが》れ弾《だま》のように周囲に撒《ま》き散らされ、辺《あた》り一帯を険悪なムードに染めていた。

「お、おい、二人とも。一体何してんだよ」

言うと、十香と少女――折紙《おりがみ》が一斉《いっせい》に士道の方に視線を寄越《よこ》してきた。

「シドー！　聞いてくれ、こやつが――」

「五河士道。彼女の言葉に耳を貸しては駄目。あなたは騙《だま》されている」

十香の言葉を遮るように、折紙が淡々《たんたん》とした声を発してくる。十香がさらに表情を険しくした。

「わッ、私はシドーを騙してなんかいないぞ！」

「精――あなたは人類の敵。あなたの言うことなど信用できるはずがない」

折紙が途中《とちゅう》で言葉を訂正《ていせい》して言ってくる。

どうやら『精霊』と言おうとしたらしいが、衆目があることを思い出して言い直したようだった。

『精霊』。

通称《つうしょう》、世界を殺す災厄《さいやく》。世界を蝕《むしば》む大災害『空間震《くうかんしん》』の発生原因。

そう。夜刀神十香は厳密に言うと人間ではない。

今はとある方法によってその力を封印《ふういん》され、普通《ふつう》の女の子と変わらぬ生活をしているものの、もともとは、精霊と呼ばれる特殊《とくしゅ》災害指定生命体だったのだ。

そして折紙は、精霊を殲滅《せんめつ》することを目的とした対精霊部隊《アンチ・スピリット・チーム》の隊員である。彼女らが犬猿《けんえん》の仲であるのは当然といえば当然のことだった。

だが、そうは言っても教室でこんな大喧嘩《おおげんか》をされてはたまらない。士道は二人をなだめるように間に入った。

「落ち着けって。ここで喧嘩することないだろ」

「だ、だがシドー……」

と、そこでチャイムが鳴り、ガラガラと扉を開けてタマちゃん先生が教室に入ってきた。

天の助け。授業の始まりである。

だが、

「──あなたはこの世界に必要のない存在。こう思っているのは私だけではないはず。誰も、人類に仇《あだ》なすあなたを認めてなどいない」

折紙が捨て台詞《ぜりふ》とばかりにそう言ったものだから、十香が再びいきり立った。

「適当なことを言うな！　シドーは……シドーは私を認めてくれたぞ！」

「それは五河士道が優しいだけ。そんな彼の心の間隙《かんげき》につけ込んだあなたは卑劣《ひれつ》」

「な、何だと⁉」

「私をはじめ、学校の誰もがあなたを疎んじている。せいぜい寝首《ねくび》をかかれないよう気をつけること」

「な……」

十香が戦慄《せんりつ》した顔を作り、辺りを見回す。

「ふ、ふん……誰が貴様の言うことなど……」

そう言いながらも、十香の頰には汗《あせ》がひとすじ流れていた。

「あ、あのぉ……授業始めますよぉ？」

教卓《きょうたく》からタマちゃんの不安そうな声が聞こえてくる。見やると、もう士道と十香以外のクラスメートは皆着席していた。

「あ、す、すいません。ほら十香、座ろうぜ」

「む……うむ」

士道が促《うなが》すと、十香は素直《すなお》にうなずいて椅子《いす》に腰《こし》を落ち着けた。

だが、あからさまに先ほどまでと様子が違う。妙《みょう》に緊張《きんちょう》しているというか、周囲に気を張っている感じだった。きっと、折紙に言われたことが気になってしまっているに違いない。

だがそれも無理もないことだった。『生きた災害』である十香は生まれてからずっと、人間の攻撃《こうげき》に晒《さら》され続けていたのである。転入してきて間もなく、顔見知りもいない学校の中でそんなことを言われて、動揺《どうよう》するなという方が無理な話だ。

「十香……あんまり気にするなよ?」

「ぬ、言われなくともわかっている。あんな奴《やつ》の言うことなど——」

と、そのとき、がしゃん、という音が教室に響き渡《わた》った。

きっと誰かがペンケースでも落としてしまったのだろう。誰もさほど気にはしなかった。

だが——

「……ッ!?」

十香がビクッと肩を揺《ゆ》らしたかと思うと、頭を抱《かか》えるようにして辺りを見回す。

「だッ、誰だ! やるつもりか!」

十香が息を荒《あら》くして叫《さけ》ぶと、教室の奥の方から申し訳なさそうな声が聞こえてきた。

「えーと……ゴメンね？　驚《おどろ》かせちゃった？」

十香は声を上げた女子生徒を油断なく睨《にら》み付け、ようやく状況を理解したらしかった。大きく深呼吸をして心拍《しんぱく》を落ち着けるようにしてから姿勢を正す。

「………………」

士道は無言で頬をかいた。しっかり気にしてしまっているようである。

「……どうしたもんかな、こりゃ」

と、士道が困った顔を作りながらうなると同時、右耳に装着していたインカムから聞き慣れた声が聞こえてきた。

『――ちょっと士道、十香の精神状態が乱れに乱れまくっているのだけれど、一体どんな変態行為《こうい》に及《およ》んだの？　ブリッジの姿勢で十香のスカートに顔突《つ》っ込みでもした？』

「……琴里《ことり》」

士道は頬をぴくりと動かしながらその声に応じた。

声の主は五河琴里。士道の妹にして――精霊を平和的手段を以《もっ》て保護しようという組織、〈ラタトスク機関〉の司令官である。

未《いま》だ学校に慣れていない十香に何か問題が起こったとき素早く対応できるよう、しばらくの間インカムを装着しておくよう言われていたのだ。

『封印を施《ほどこ》したとはいえ、十香はまだ不安定な状態なのよ。十香が魅力《みりょく》的なのはわかるけれど、性欲《リビドー》に忠実な行動は控《ひか》えて欲しいわね』

「何にもしちゃいねえっての」

士道はため息混じりに言うと、ことの顛末《てんまつ》を簡潔に説明した。

『なるほど……鳶一《とびいち》折紙ね。突っかかってくるとは思ったけど、面倒《めんどう》なことをしてくれたものね』

「ずっと落ち着かない様子だ。どうしたもんかね」

『んん、そうね。こういうときは……と、ちょっと待ちなさい。選択肢《せんたくし》が出たわ』

「え？」

士道は眉をぴくりと動かした。

「ふむ……なるほど」

士道たちのいる高校から、一万五〇〇〇メートルほどを隔《へだ》てた空の上。

そこに浮遊《ふゆう》した巨大《きょだい》な空中艦《かん》〈フラクシナス〉の艦橋《かんきょう》で、五河琴里はあごに手を当てながら足を組み替《か》えた。

その視線の先。艦橋のメインモニタには今、落ち着かない様子の十香の姿と、三つの選択肢が記《しる》されたウインドウが表示されている。
①、隣《となり》の席に手を伸《の》ばし、授業中ずっと手を握《にぎ》っている。
②、板書の中に愛のメッセージを紛《まぎ》れ込ませる。
③、机の上に立ち、求愛のダンスを踊《おど》り始める。
「全体的に、十香に愛を伝えるタイプみたいね」

『は、はあ？　なんでそうなるんだよ。十香を落ち着かせるんじゃないのか？』

スピーカーから、困惑《こんわく》した士道の小さな声が聞こえてくる。

琴里は口にくわえていたチュッパチャプスの棒をピンと立てた。

「考えてもみなさい。こういうとき『気にするな』だなんて言われて、士道なら安心できると思う？」

『……あー……』

士道が何か思い当たるところがあるようになる。琴里は続けて言った。

「疑心暗鬼《ぎしんあんき》に陥《おちい》ってるところにそんなことを言われても空々《そらぞら》しいだけよ。そんなお決まりの言葉をいくつ並べるより、ちゃんと自分を認めてくれている人がいる、っていうのを示してあげた方が効果的でしょ」

『……そういうもんかねえ』

「いいから。とにかく、霊力《れいりょく》が逆流する前に十香を落ち着かせるわよ。──総員、選択！」

琴里が言うと、艦橋下段のクルーたちが一斉に手元のコンソールを操作し始めた。


数秒後、インカムを通して琴里の声が再び聞こえてくる。

『ふむ……②が多いかしらね。まあ確かに①も悪くないけれど、先生に見とがめられても面倒だし、妥当《だとう》なところでしょ。──士道、②よ。問題に答えるふりをしながら、そうね、十香大好き、みたいな簡単なもので構わないわ。愛のメッセージを送ったげなさい。周りのみんなには気づかれないようにね』

「な……どうしろってんだよ、そんなの」

『その首の上に載《の》っているのがただの悪趣味《あくしゅみ》な置物でないなら、少しは考えを巡《めぐ》らせなさいな。符丁《ふちょう》を使うなり、縦読みを仕込むなりすればいいでしょ』

「……それ、大丈夫《だいじょうぶ》なのか……？」

『不満なら③の求愛ダンスに変えても──』

「すいませんやらせていただきます」

士道が汗を垂らしながらそう言うと、タイミングよく黒板の前に立ったタマちゃん先生が声を上げた。

「はぁい、じゃあここ、わかる人いますかぁ？」

「……はい」

士道は気乗りしないままそろそろと手を挙げた。心の中で誰《だれ》か別の生徒が当てられないかなあなんて思いながら。

しかし手を挙げたのは士道だけだった。先生が間延びした声で「じゃあ五河くん、お願いしますねぇ」と言ってくる。

士道ははあとため息を吐《つ》いてから立ち上がった。その際、ちらと右隣の席を見やる。

「……十香」

士道が小さな声をかけると、十香がビクッと肩《かた》を揺らした。

「な、なんだ、シドーか。驚かすな。……何か用か？」

「……いや、まあ、なんだ。俺、今から黒板に答え書くから、よく見てろよ？」

「ぬ……？　わかった。よく見るぞ」

十香が怪訝《けげん》そうに言いながら、しかし素直にうなずいてくる。

士道は考えを巡らせながら教室の前の方に歩いていき、チョークを手にとって黒板に文章を記していった。

十字軍の手によってヨーロッパにもたらされた
香辛料《こうしんりょう》は、ヨーロッパ人の嗜好《しこう》に
大きな影響《えいきょう》を残
すこととなった。
きりん

……さすがに全文は思い浮《う》かばなかった。

「え、ええと……五河くん？　なんでこんな不思議な区切り方をするんですかぁ？　ていうか、この『きりん』っていうのは一体……」

社会科教師にしてこのクラスの担任、岡峰珠恵《おかみねたまえ》通称《つうしょう》タマちゃんが、士道の顔を見上げながら苦笑《くしょう》してくる。

「……サービスです」

「いや、サービスって……」

士道は困り顔を浮かべる先生を残して席に戻《もど》っていった。その際、隣の十香に声をかける。

「まあ……そういうことだから」

なんとなく恥《は》ずかしくなって頬《ほお》が熱くなるのを感じる。

だが十香はきょとんとした様子で目を丸くするのみだった。

「む……？　うむ、シドーは色んなことを知っていてすごいな」

「…………」

どうやら、士道の仕込んだ『十香大すき』のメッセージに気づいていないようだった。

乾《かわ》いた笑いを浮かべて席に着き、インカムに向かってひそめた声を発する。

「……おい、どうすんだよ、これ」

『あらら。十香には少し難しかったかしらね。もっとストレートな方がよかったかしら』

インカムの向こうで琴里があっけらかんと言ってくる。

と、そうこうしていると、再びタマちゃんが声を上げた。

「ええと……ちょっと五河くんの答えは哲学的《てつがく》すぎるので、誰か他《ほか》にいませんか？」

すると、士道の左隣に座っていた折紙が、ピッとまっすぐ手を挙げた。

「あ、じゃあ鳶一さん。お願いできますか？」

タマちゃんがホッとした様子で笑顔《えがお》を作る。それはそうだ。鳶一折紙は定期テストで常に学年首席を獲得《かくとく》する学校きっての秀才《しゅうさい》である。彼女ならばきっと、完璧《かんぺき》な回答をしてくれると思ったのだろう。

「…………」

しかし折紙はキッと視線を鋭《するど》くして士道と十香を睨み付けてから席を立ったかと思うと、黒板にリズミカルにチョークを滑《すべ》らせ、こんな文言を記した。

十字軍の遠征《えんせい》に参加した騎士《きし》たちはイスラム文化圏《けん》にて香辛料に出会い、その後のヨーロッパ人の嗜好に大きな影響を与《あた》えた。その後、ジェノバ、ベネチアの商人などが交易の中心となる。
スルメイカ

……『十香のバカ』。

なんだか、縦読みより高度な斜《なな》め読みだった。

「え、ええと……十字軍にスルメイカ全然関係ないですよ……ね？」

学校一の天才の答えだけに、何か裏があるのではないかと困惑する先生を無視して踵《きびす》を返すと、折紙はもう一度士道と十香を睨《にら》んでから席に着いた。

多分……というか間違《まちが》いなく、士道への回答《アンサー》だった。肝心《かんじん》の十香にはメッセージが届いていないのに、折紙には察せられてしまっていたらしい。

「ぬ……っ？」

不意に十香が眉《まゆ》をひそめると、キッと折紙の方を睨み返した。

「貴様、バカとはなんだ、バカとは！」

「なんのことかわからない」

「とぼけるな！　斜めに書いてあるではないか！」

「私は回答を書いただけ。もしそう読めたのなら偶然《ぐうぜん》。それを見つけたあなたの心が穢《けが》れている」

「な、なんだと!?」

「や、夜刀神さん、落ち着いてください」

タマちゃん教諭《きょうゆ》に止められ、十香がぐるる……とのどを鳴らしながらも矛《ほこ》を収める。

どうやら士道のメッセージには気づいてくれなかったのに、よりわかりづらい折紙のそれは解読できたらしい。なんとなく腑《ふ》に落ちない気分になって、士道は大きなため息を吐いた。

——だが、騒動《そうどう》はそれだけでは終わらなかった。

それから数分後。結局先生が模範《もはん》解答を黒板に記し、授業は先に進んでいた。

が、未《いま》だに右の席からは、ピリピリとした空気が漂《ただよ》っていたのである。

「……琴里、十香の精神状態は？」

『好転は見られないわね。あんまり望ましくない状況《じようきよう》よ』

聞くまでもないでしょ、というように琴里が答えてくる。士道ははあと息を吐《は》いた。

「そうか、じゃあ……」

と、士道が言葉を継《つ》ごうとしたところで。

不意に教室の外——校庭の方から、パン！　と乾《かわ》いた銃声《じゆうせい》が響《ひび》き渡《わた》った。

恐《おそ》らく外で体育の授業をやっているのだろう。体育の葛原《くずはら》教諭は形から入るのが大好きなため、大会でもないのに短距離《たんきより》走にスターターピストルを使いたがるのである。

クラスの面々にしてみれば慣れっこである。誰もさほど驚《おどろ》いた様子はない。

だが、士道はハッと顔を強《こわ》ばらせた。

理由は単純。このあとに起こるであろうことが容易に想像できてしまったからだ。

「ひ――ッ⁉」

十香が息を詰《つ》まらせたかと思うと、ドンガラガッシャンと椅子《いす》から転げ落ち、机の下に潜《もぐ》り込んで窓の方を睨み付ける。

瞬間《しゅんかん》、ピシッ！　という音が鳴って、教室中の窓ガラスにヒビが入った。

「う、うわっ！」

「えっ、何これ⁉」

銃声には慣れていたクラスメートたちも、さすがに窓ガラスにヒビが入ったのには驚いたようだった。窓際《まどぎわ》の席の皆《みんな》（折紙を除く）が、慌《あわ》てた様子で席から立つ。

「シドー！　危ない！　伏《ふ》せるのだ！　シドー！」

十香が顔を緊張《きんちょう》に染めながら叫《さけ》んでくる。士道は頬をぴくつかせながらインカムに話しかけた。

「琴里……これって」

『ええ、間違いなく十香の仕業《しわざ》よ。無意識でしょうけどね。早く肩でも抱《だ》いて落ち着かせてあげてちょうだい』

「お、おう……！」

士道は指示通りその場に膝《ひざ》を折ると、顔を戦慄《せんりつ》に染める十香の肩に手を置いた。

「落ち着け十香。あれは短距離走の合図の音だ。別におまえを狙《ねら》ってるわけじゃない」

「な……そ、そうなのか?」

士道が「ああ」とうなずくと、十香はずずっと鼻をすすってから立ち上がった。

「ふ、ふん、そんなことだろうと思った。別に怖《こわ》がってなどいないぞ」

「ああ……そうだな」

士道は苦笑しながらうなずいた。明らかに無理をしていたが、それを指摘《してき》して十香を不《ふ》機嫌《きげん》にする必要もないだろう。

そうこうしているうちに、教室での騒動も落着しつつあった。ガラスの破片《はへん》が飛び散ったわけでもないため、一応席を全体的に廊下《ろうか》側に寄せて授業が再開されようとしている。

ちなみに銃声とともにガラスにヒビが入ったため、それが原因ではないかという声がちらほらと聞こえてきていた。気の毒ではあるが、もしかしたら葛原教諭は今後スターターピストルの使用を禁止されてしまうやもしれなかった。

そんな騒動からさらに一〇分後。

「はい、じゃあ皆《みな》さん、授業を再開しますよ。ええと……」

タマちゃんがそう言いながら、黒板の上の方を見やった。どうやら先ほど板書した箇所《かしょ》を指し示したいらしい。

タマちゃん教諭は、その愛らしいニックネームが示すように、とても小柄《こがら》な先生である。黒板の高い位置に板書をするときは椅子を用いねばならないし、再度その箇所を指し示す際は、また椅子をその位置に移動させていた。

生徒たちはそんなタマちゃんの姿を微笑《ほほえ》ましく見守っていたのだが、当の本人は少し気にしていたらしい。

不敵な笑みを浮かべ、教卓《きょうたく》の上に置かれていたポーチを探《さぐ》る。

「ふふふ、今日は秘密兵器があるんですよぉ。じゃーん！　レーザーポインター！」

言って、タマちゃんはペンライトのようなものを取り出した。

そしてそれを黒板の上部に向けて構え、ボタンを押すと、その先端《せんたん》から赤い光が発され、黒板に書かれた文字を指し示す。

「はい、ここです。テストに出ますからよく確認《かくにん》して――」

「シドー!!」

そのとき、タマちゃんの言葉を遮《さえぎ》るように、十香の絶叫《ぜっきょう》が教室中に響き渡った。

次の瞬間にはけたたましい音を立てて机が前方に蹴《け》り倒《たお》され、その陰《かげ》に隠《かく》れるように十香が身を屈《かが》める。そう——まるで、タマちゃんから身を隠すかのように。

そして十香は手を伸《の》ばすと、士道の襟首《えりくび》をむんずと掴《つか》み、床《ゆか》に引っ張ってきた。

「う、うわッ!?」

突然《とつぜん》のことに驚き、頭をしたたかに打ち付けてしまう。

「と……十香……？」

ぐわんぐわんと揺《ゆ》れる意識の中、そんな声を発する。すると十香は、戦慄した様子で震《ふる》える声を発してきた。

「危なかった……まさかタマちゃん先生がメカメカ団に通じているとは。残念だ……先生は信用に足る人物と思っていたのに！」

「は、はあ？　なんでそんな……」

「あのレーザーだ！　あの装備、間違いなくメカメカ団のものだ！」

十香の言うメカメカ団とは、ＡＳＴ——対精霊部隊のことだ。確かにＡＳＴは生成魔力《まりょく》をレーザー状にして攻撃《こうげき》を行う装備をよく用いているが……いくらなんでもポインターに殺傷能力はないだろう。まあ、目に当てるなどすれば視力に深刻な影響《えいきょう》は出そうだが。

「えっ？　えっ？　な、なんですかぁ……？」

タマちゃんが困惑《こんわく》した様子で眉を八の字に歪《ゆが》める。

「今更《いまさら》とぼけるな！　貴様、そのレーザーナントカで何をしようとした！」

「こ、これですか？」

タマちゃんが手にしたレーザーポインターに視線を落とす。その際、先端《せんたん》から発された赤い光が黒板から移動した。

「！　危ない！」

「むがっ⁉」

十香が叫び、士道の頭をギュッと抱《かか》え込むようにしてくる。十香の柔《やわ》らかくて温かい胸の感触《かんしょく》が顔に押しつけられ、すぐに途方《とほう》もない幸福感と――酸欠状態が押し寄せてきた。

慌ててバンバンと十香の腕《うで》をタップする。

「んー！　んー！」

「シドー……？　シドー！　どうしたのだ、シドー‼　おのれタマちゃん……ッ、一体シドーに何をした！」

「えっ、えぇぇぇッ⁉　わ、私ですか⁉」

「んー！　んー！」

……結局、拘束《こうそく》から抜《ぬ》け出し、十香の誤解を解くのに、それから一〇分のときを要してしまった。

「はぁ……散々な目に遭《あ》った」

それからどうにか授業は再開した……のだが、十香の警戒心《けいかいしん》は一層強まってしまったようだった。自分の背後に人がいるというのも落ち着かないらしく、時折ちらちらと後方に目をやっていたりする。

「……こりゃ、重症《じゅうしょう》だな」

士道は力なく苦笑《くしょう》した。これは今日中になんとかなる問題ではないかもしれない。幸いもう六時間目であるし、なんとかこの授業を凌《しの》いだのち、琴里に任せた方がいいだろう。

と、そこで士道は背中をつつかれるような感触を覚え、ふっと後方に振《ふ》り返った。

すると後ろの席の生徒が、何やらメモ用紙を小さく折《お》り畳《たた》んだようなものを手渡《てわた》してくる。

「……？」

視線で「これはなんだ？」と問い掛《か》けると、これまた視線とジェスチャーで「読んで」と返してくる。士道は怪訝《けげん》そうに眉をひそめながら、折り畳まれたメモを広げた。

そして、目を丸くする。

そのメモには大見出しで『十香ちゃん歓迎会開催決定《かんげいかいかいさい》！』という文言が記《しる》され、その下に、細かい内容等が書かれていたのである。

「歓迎会……？」

小さな――それこそ隣《となり》の十香にすら聞こえないような声で、呟《つぶや》く。なんでも、まだ今ひとつクラスに慣れない様子の十香のために、今日の放課後、ささやかながら歓迎パーティーの準備をしてあるらしい。

『どうしたの、士道』

右耳に琴里の声が聞こえてくる。士道は先ほどと同じくらいの小さな声で、クラスのみんなが十香の歓迎会を開こうとしているらしいことを伝えた。

『へえ、誰《だれ》の発案か知らないけれど、気が利《き》いてるじゃない。士道にもそれくらいの甲斐《かい》性《しょう》が欲《ほ》しいわね』

「……一言余計だっての」

憮然《ぶぜん》とした調子で返す。

だが、歓迎会の提案がありがたいのは確かだった。折紙の一言がきっかけで疑心暗鬼《ぎしんあんき》になっている十香ではあるが……皆がはっきりと歓迎の意思を示してくれたなら、それもきっと収まるだろう。

だが、

「ん？」

士道はメモの下部に記されている文言を見て、眉《まゆ》の端《はし》をぴくりと動かした。

そこには『六時間目の授業が終わると同時に、サプライズパーティー開始！　先生にも許可を取ってあるから、合図に合わせてコレを引いてね！↓』と書かれている。だが、その矢印の先には何もなかった。

「なんだこりゃ」

と、士道が首を傾《かし》げていると、再度背中がちょんちょんとつつかれた。

見やると、後席の生徒が「ごめんごめん、忘れてた」というようにジェスチャーをしながら、何かを手渡してくる。

「…………」

紙でできた円錐形《えんすいけい》の物体――クラッカーである。

それを受け取った瞬間、士道は頰《ほお》の筋肉が痙攣《けいれん》するのを感じた。

いやーな予感が、心中に広がっていく。

が、そんな士道の思案を考慮《こうりょ》することもなく、スピーカーから授業の終わりを示す聞き慣れたチャイムが鳴り響《ひび》いた。

「あ、もう時間ですか。はい、今日の授業はここまでです」

タマちゃんが妙《みょう》に楽しそうな含《ふく》み笑いを漏《も》らしながら、教卓の中をゴソゴソと探《さぐ》る。

「じゃあ、皆さん、準備はいいですかぁ？　せーのっ」

と、タマちゃんの声と同時に、教室中の生徒が一斉《いっせい》にクラッカーを取り出し、十香に向けた。

「な……ッ!?」

十香は突然のことに顔を戦慄に染めると、ガタッと椅子《いす》を倒してその場に立ち上がった。

「な、なんのつもりだ……!?」

十香の言葉にクラスメートたちはニヤニヤと笑みを浮《う》かべながら、クラッカーを持つ手にぐっと力を入れる。

しかもその瞬間《しゅんかん》折紙が、

「──総員、攻撃開始」

だなんて言ったものだから、十香はさらに顔を絶望に染めることとなった。

──パンッ！　パパパパパパパパパパパパパパン!!

最初の一発を皮切りに、連続して凄《すさ》まじい音が教室中に鳴り響く。

「う、うわぁぁぁぁぁぁぁぁッ！」

十香は泣きそうな顔を作って身を翻《ひるがえ》すと、アメフト選手のような見事な身のこなしでクラスメートたちの間をすり抜け、教室から出ていってしまった。

「十香‼」

士道は慌《あわ》ててその場から駆《か》け出すと、十香のあとを追った。

◇

……そして、現在に至る。

士道は頰に汗《あせ》を垂らしながら、高校の屋上に立ちながら悲しげな顔を作る十香に再度声をかけた。

「十香、とにかく教室に戻《もど》ろう。な？　みんな待ってるぞ」

「迎撃《げいげき》の準備をしてか……⁉」

「いや、だからそれは誤解で……」

「シドーも見ただろう。あの悪逆かつ無慈悲《むじひ》な集中砲火《ほうか》を！　あやつら……私を油断させておいて、一気に攻撃をしかけてきたのだ！　直前まで私が殺気に気づかなかった。よほどの精鋭《せいえい》部隊に違《ちが》いない……！」

十香が両手を戦慄《わなな》かせながら言う。……まあ、もとよりないものは気づきようがないだろう。

「と、とにかく、あやつらが来る前に逃《に》げねばならん！　シドーも一緒《いっしょ》に来るのだ。精霊《せいれい》と関《かか》わりを持ったとあれば、あやつらに何をされるか——」

と、そんな十香の声を遮《さえぎ》るように、下方から地鳴りのような音が響いてきた。

すぐに、十香が破壊《はかい》した扉《とびら》を通り、クラスメートたちが屋上に飛び出してくる。

そして彼らは十香と士道を取り囲むように展開すると、十香に視線を送りながら、口々に声を発してくる。

「あ、こんなところにいた。ようやく見つけたわよ」

「手間かけさせやがって。もう逃がさないからな」

「さぁ、パーティーの始まりだぜぇ」

言って、クラスメートたちがニヤリとサディスティックな笑《え》みを浮かべた（気がした）。

「く……」

十香がぎりと奥歯を噛《か》み、忌々《いまいま》しげにうめく。

別に彼らが言っていること自体は普通《ふつう》なのだが、十香のフィルターを通して見たとき、その台詞《せりふ》にどんな意味が付与《ふよ》されているのかは想像に難《かた》くなかった。

「な、なぜ……執拗《しつよう》に私を狙《ねら》う！」

「なぜって……そんなわかりきったことを聞かれてもなあ」

「うん、私たちは、ただ十香ちゃんと仲良くしたいなあと思ってるだけよ」

「そうそう。一緒に楽しもうぜ……？」

言って、クラスメートたちが手をわきわき蠢《うごめ》かしながらじりじりと距離《きょり》を詰《つ》めてくる。まるでゾンビの一団が生存者に迫《せま》るかのような様子だった。……正直、十香でなくてもちょっぴり怖《こわ》かった。

「く、来るな……っ！」

十香は恐怖《きょうふ》に染まった声を発しながら後ずさった。だが場所は屋上。すぐにがしゃんという音がして、十香の退路がフェンスに阻《はば》まれてしまう。

「!!　あ、あ、あ……」

十香が、今にも泣き出してしまいそうな顔を作る。

だが、クラスメートたちの進行は止まらない！

「！　十香、落ち着──」

「う、あ、ああああああああああああああああああああ――ッ!!」

士道の声を搔《か》き消すように、十香が凄まじい絶叫《ぜっきょう》を上げた。

それと同時、ビーッ！　ビーッ！　というけたたましい音が、士道の鼓膜《こまく》を痛いくらいに叩《たた》く。士道は思わず顔をしかめた。

「な、なんだぁ……？」

士道が声を発すると同時、右耳に装着したインカムから琴里の声が響いてきた。

『――士道！　まずいわ！』

「え……っ!?」

瞬間――

ゴゴゴ……ッ、と鈍《にぶ》い音を立てながら、校舎全体が揺《ゆ》れ始めた。

下方から窓ガラスが次々に割れる音が響き、学校を構成する建材がミシミシと悲鳴を上げ始める。屋上に次々と亀裂《きれつ》が走り、耐震性《たいしん》に優《すぐ》れた最新工法で建てられたはずの校舎を細かく分割していった。

「わわ……、じ、地震!?」

「でかいぞ！　みんな気を付け……！」

さすがに周囲のクラスメートたちもあたふたし始める。

だが、士道には他《ほか》の生徒たちと同じように驚《おどろ》いている余裕《よゆう》はなかった。ただ真《ま》っ直《す》ぐ、頭を押さえながら叫《さけ》びを上げた十香の方に視線を送る。

恐《おそ》らく――これは地震などではない。十香の仕業《しわざ》である。

だが十香の様子を見る限り、力を制御《せいぎょ》できているとはお世辞《せじ》にも言えない状態であることが容易に知れた。

「し、シドー……！」

凄まじい震動に、自身も立っていられなくなってしまったのだろう、その場に膝《ひざ》を突《つ》きながら、十香が不安そうな顔で士道の名を呼んでくる。

それとまったく同時に、琴里の怒鳴《どな》り声が右耳の鼓膜を痛いほどに叩いてきた。

『士道！　急いで十香の精神状態を落ち着けなさい！　このままじゃ校舎が崩落《ほうらく》するわよ！』

「ど、どうすりゃいいんだよ……！」

『決まってるでしょ！　優《やさ》しく抱《だ》きしめてあげるの！　愛の言葉を囁《ささや》くとなおよし！』

「そ……そんなこと――」

『いいから早く！』

「ああッ、もう！」

他に思い当たる方法もない。士道は揺れる校舎の上をどうにか進み、十香に向かって手を伸《の》ばした。

「十香、大丈夫《だいじょうぶ》だ、俺が──」

だが、その瞬間。

ピシ、という音が辺りに響くと同時、十香と士道を隔《へだ》てるように校舎に這《は》っていた亀裂が一気に大きくなり──

「な……！」

屋上の一部が、滑《すべ》るように崩落を始めた。

無論、その上に膝を突いていた十香はひとたまりもない。支えを失った彼女の小さな身体《からだ》は、屋上の床面《ゆかめん》とともに下方へと滑り落ちていった。

「う、うぁぁあっ！」

「十香!!」

咄嗟《とっさ》に地面を蹴《け》って手を伸ばす。すんでのところで、士道は十香の手をとることに成功した。

「シドー！」

「だ、大丈夫か、十香……！」

歯を食いしばり、うめくように言う。十香の足先の遥《はる》か下で、崩落した屋上の一部が地面に激突《げきとつ》し、凄まじい音と土煙《つちけむり》を上げた。士道の反応が一瞬遅《おそ》ければ、十香もまたあの瓦礫《がれき》の仲間入りを果たしていただろう。

だが、士道に息を吐《つ》く余裕などはなかった。あくまで最悪の事態をいっとき回避《かいひ》しただけに過ぎない。十香の身体は士道の腕《うで》一本に支えられただけの状態で宙ぶらりんになっており、いつ落ちてしまっても不思議はなかった。

どうにか校舎を襲《おそ》う震動は収まり始めていたのだが、不安定な体勢のまま咄嗟に手を伸ばしたため、身体に力が入らない。このままでは、十香を引き上げるどころか士道までもが一緒に地面に真っ逆さまに転落してしまうだろう。

十香もそれを察したのだろう、キッと眉根《まゆね》を寄せ、士道に言葉を投げてくる。

「シドー、駄目《だめ》だ。このままではおまえまで落ちてしまう。手を離《はな》してくれ」

「んなコト……できっかっての……！」

「私ならばこの程度の高さから落ちたところで死にはしない！」

「そういう問題じゃ……ねえッ！」

士道が叫ぶと、十香はぐっと歯を噛みしめた。

そうしてから、士道の手を握《にぎ》り返していた手の力を、徐々《じょじょ》に緩《ゆる》めていく。

「！　十香、おまえ、何を……！」

「……すまん、シドー。おまえの気持ちは嬉《うれ》しい。だが、私のせいでおまえが傷つくのは——もう、見たくないのだ」

言って、十香が完全に手の力を抜《ぬ》く。

「ぐ……！」

士道はさらに手に力を込《こ》めるが、さすがに支えきれない。十香の手が士道の手からするりと抜け落ち——

「……え？」

次の瞬間《しゅんかん》、士道は呆然《ぼうぜん》と目を見開いた。

士道の肩口《かたぐち》から手が二本ぬっと伸びて、十香の腕を摑《つか》んだのだ。

一瞬、極限状態の士道が新たな力に目覚めでもしたのかと思ったが——違う。

十香の手を摑んだのは、震動が止《や》んだあと、後方から駆けつけたクラスメートたちだった。

「はい、十香ちゃん確保！　一気に引っ張って！」

「根性《こんじょう》入れる！　せーのっ！」

そんな号令とともに、後方から『オーエス！　オーエス！』と綱引《つなひ》きのときのようなかけ声が響《ひび》き、十香の身体が一気に屋上に引っ張り上げられる。

十香が呆然とした様子で皆《みんな》を見回すと、ぱちぱちぱちぱち！　という拍手《はくしゅ》と、テンションの高い歓声《かんせい》が巻き起こった。

「な……」

今の今までクラスメートたちを警戒《けいかい》していた十香は、士道に困惑《こんわく》に染まった視線を送ってきた。

「シドー……なぜ、こやつらは、私を……」

「え？　ああ、そりゃまあ、なんつーか」

士道は頬《ほお》をかきながら続けた。

「……友達、だからじゃないか？」

その言葉を聞いて——十香は、目を丸くした。

◇

果たして、十香の歓迎会《かんげいかい》は行われる運びとなった。

さすがに校舎は崩落の危険があるということで立ち入り禁止になってしまったが、幸い教室に用意されていたお菓子《かし》や飲み物に被害《ひがい》はなかったらしい。それらを持ち出して、青空（というには若干日《じやつかん》が傾《かたむ》きかけていたが）の下でパーティーとなったのである。

十香も、未《いま》だ全幅《ぜんぷく》の信頼《しんらい》とまではいかないまでも、先ほどの一件で少しは皆に心を開いたらしい。皆に囲まれながら、慣れないながらもいろいろと話をしていた。

そんな様子が微笑《ほほえ》ましくて、士道は小さく唇《くちびる》の端《はし》を上げると、手にしていたジュースを一口飲み込んだ。爽《さわ》やかな林檎《りんご》の甘さが、のどに染《し》み渡《わた》っていく。

「ん……？」

と、士道は眉を跳《は》ね上げた。クラスメートの中に、鳶一折紙の姿が確認《かくにん》できたのだ。誰《だれ》とも会話をせず一人で立っているものの、紙コップを持っているあたりパーティーには参加しているのだろう。

そんな士道の視線に気づいたのだろうか、先ほど十香を助けた女子生徒の一人が、声をひそめて話しかけてきた。

「ねー、びっくりでしょ。みんなが十香ちゃん探しに出払《ではら》ったあと、教室に残されてたお菓子や飲み物を保護してくれたのって鳶一さんなんだよねー」

「え？　そうなのか？」

「そうそう。十香ちゃんと仲良くなりたいならそう言えばいいのにねー。……いやまあ、恋敵《こいがたき》にそんなこと言えないかー」

「な、なんだよ……」

「べっつにー」

ニヤニヤと笑いながらそんなことを言って、女子生徒が去っていく。

士道は「……まったく」と息を吐いたあと、再度折紙に目をやった。

もし折紙が十香と仲良くしたいと思っている、というのが本当なら……それはとても素《す》敵《てき》なことではないか、なんて思って。

と、そんなことを考えていると、右方から十香の弾《はず》んだ声がかけられた。

「シドー！　皆にお菓子をいっぱいもらったぞ！」

右手に紙コップ、左手にパンパンになったビニール袋《ぶくろ》を持った十香が、元気よくそう言ってくる。数十分前の十香とのギャップに、士道は思わず笑ってしまった。

「ぬ、なんだシドー」

「いや……随分《ずいぶん》みんなと仲良くなったみたいじゃないか」

「うむ！　皆いいやつだ！　やはり私の思い過ごしだったようだな！」

十香は笑顔でそう言いながら、手にしていた紙コップをぐいと呷《あお》った。

と、その瞬間。

「!?　かは……っ！」

ジュースを口に含《ふく》んだ十香が目を見開いて、けほけほと咳《せ》き込み始めた。

「と、十香……？　どうしたんだ？」

「ど……毒だ！　シドー、気を付けろ！」

「はあ？　そんなわけ……」

士道は怪訝《けげん》そうな顔を作りながら十香のジュースに小指を浸《ひた》し、舌先でぺろりと舐《な》めてみた。

瞬間、凄《すさ》まじい刺激《しげき》が舌を襲い、士道も思わず咳き込んでしまった。慌《あわ》てて、自分が持っていた林檎ジュースを飲み干す。

「大丈夫かシドー！」

「あ、ああ……」

「や、やはり毒だったか……」

「いや、これってどっちかっていうとタバスコとかじゃないか……？　一体誰が……」

そこで士道はハッと目を見開き、左方に目をやった。

そこには、目的は果たした、というようにどこか満足げな顔でうなずき、去っていく鳶一折紙の姿があった。

「…………」

頬をぴくつかせる。だが、ことの真偽《しんぎ》を追及《ついきゅう》している暇《ひま》はなさそうだった。

「おのれ、誰の仕業《しわざ》だ……！　油断させておいて毒を盛るとは卑怯《ひきょう》な！」

よほど辛《から》かったのだろう。十香が涙目《なみだめ》になりながら視線を鋭《するど》くする。

せっかく心を開きかけたというのに、消え去りかけた十香の不信感が、また復活しそうだった。

〔おしまい〕

富士見ファンタジア文庫

ファンタジア文庫25周年アニバーサリーブック

平成25年３月25日　初版発行

著者――葵《あおい》 せきな　あざの耕平《こうへい》　石踏一榮《いしぶみいちえい》
大黒尚人《おおくろなおと》　木村心一《きむらしんいち》　橘《たちばな》 公司《こうし》

編者――ファンタジア文庫編集部

発行者――山下直久

発行所――富士見書房
〒102-8144
東京都千代田区富士見1-12-14
http://www.fujimishobo.co.jp
電話　営業　03(3238)8702
　　　編集　03(3238)8585

印刷所――暁印刷
製本所――BBC

※定価はカバーに表示してあります。
落丁･乱丁本は、送料小社負担にて、お取り替えいたします。角川グループ読者係までご連絡ください。(古書店で購入したものについては、お取り替えできません)
電話 049-259-1100 (9:00〜17:00／土日、祝日、年末年始を除く)
〒 354-0041 埼玉県入間郡三芳町藤久保 550-1

2013 Fujimishobo, Printed in Japan
ISBN978-4-8291-3868-7 C0193

戦いの中に救いを求める壊れた少年は、
記憶をなくした迷子の少女と出会い──
世界を、自分を再生する。

未曾有の大災害によって一度、崩壊した世界。大陸は海に沈み、人類は潜水都市で暮らし、残留体という謎の敵の脅威にさらされながらも生き延びていた。過去の事件によって、普通の高校生として当たり前の日常を過ごすことを拒絶する少年、風峰橙矢。想像を現実のものとする奇跡の力──思考昇華を振るい、残留体との戦いに救いを見いだそうとする壊れた少年。
「あたしを拾ってくれてありがとう」 そして記憶喪失の無垢な少女。二人の出会いが、世界を再生させる！ 第24回ファンタジア大賞<大賞>&<読者賞>受賞作。

イムシクト

ファンタジア文庫

①巻好評発売中！
第24回
ファンタジア大賞
大賞&読者賞受賞作
著：武葉コウ　イラスト：ntny
Paradigm shift of the regeneration
再生のパラダ

世界を救う!?
これは、伝記士課程に振り分けられた活字アレルギーの少年・カイと、勇者課程の落ちこぼれリンが『夏休みの友』を片手に繰り広げる“宿題”という名の愛と涙の冒険の日々を綴った伝説の記録である——！
ファンタジア文庫

勇者

落ちこぼれ美少女

×

勇者になりたい俺

伝記士

＝

勇者リンの伝説

The legend of "brave" Rin

Lv.1 この夏休みの宿題が終わったら、俺も、勇者になるんだ。

著：琴平稜　イラスト：karory